# 岁月拾趣

何茂亭 著

大象出版社

图书在版编目(CIP)数据

岁月拾趣/何茂亭著.—郑州:大象出版社,
2012.10
ISBN 978-7-5347-7325-9

Ⅰ.①岁… Ⅱ.①何… Ⅲ.①散文集—中国—当代
②随笔—作品集—中国—当代 Ⅳ.①I267

中国版本图书馆CIP数据核字(2012)第191271号

## 岁 月 拾 趣
何茂亭 著

---

| 出 版 人 | 王刘纯 |
| --- | --- |
| 责任编辑 | 杨天敬 |
| 责任校对 | 张 涛 安德华 侯金芳 |
| 装帧设计 | 力源文化 |
| 监 制 | 杨吉哲 |

---

| 出版发行 | 大象出版社(郑州市开元路18号 邮政编码450044) |
| --- | --- |
| | 发行科 0371-63863551 总编室 0371-63863572 |
| 网 址 | www.daxiang.cn |
| 制 版 | 郑州市力源文化传播有限公司 |
| 印 刷 | 河南大美印刷有限公司 |
| 经 销 | 各地新华书店经销 |
| 开 本 | 787×1092 1/16 |
| 印 张 | 13.375 |
| 字 数 | 196千字 |
| 版 次 | 2012年10月第1版 2012年10月第1次印刷 |
| 定 价 | 38.00元 |

若发现印、装质量问题,影响阅读,请与承印厂联系调换。
印厂地址 郑州市索凌路北段
邮政编码 450004 电话 (0371)63789164

# 目 录

## 沧桑可贵 001

沧桑可贵 003
初出校门第一程 005
对老人应多一些理解 007
回味"童子功" 009
坐拖车的感受 011
剪报丰富人生 013
精神需求不可少 015
最初的起点 017
唠叨是老年人的抒情曲 019
老人是一本书 021
乐在"骑"中 023
迈出关键的一步 026
生活中应该有一种感恩心态 029
我说人生三件事 031
孝顺贵在"顺" 034
学会人际交往 036

038　永远的追求
040　有感于执着精神
042　阅读拾零
044　赞美别人　陶冶自己

## 047　珍重价高

049　"逆境文化"是宝贵的财富
051　不要用老眼光看孩子
053　感受爱的魅力
055　节俭是一种美德
057　可贵的成才之路
059　可贵的健康理念
061　黎明思考能增智
063　人间最美是友谊
066　新官上任做什么
068　幸福是一种感觉
070　学会赏识孩子
072　学会珍惜
074　学几手应对问题的方法
076　一件梦想成真的往事
078　珍惜机遇
080　最宝贵的是坚强

## 学会放弃　083

- 丢掉多余的东西　085
- 好"抬杠"有害人际关系　087
- 坏脾气是一大公害　089
- 老了比什么　091
- 日子好了怎么过　093
- 善于放弃是智慧　095
- 贪到最后就是贫　097
- 要重视生活中的细节　099
- 遇事"想开点"　101
- 怎样面对挫折　104
- 追求完美往往留下遗憾　106
- 走自己的路，让别人说去吧　108

## 寻找乐趣　111

- 保持童心　终生受益　113
- 从老照片中寻找乐趣　115
- 名人格言是良师益友　117
- 何以解忧　我有"五手"　119
- 交几个老友好处多　122
- 品评欣赏　乐在其中　124

- 126　说笑话使我"十年少"
- 128　我为照片配诗歌
- 131　笑口常开寿自长
- 134　欣慰的往事
- 136　学会幽默　其乐无穷

## 139　认识自己

- 141　换位思考是美德
- 143　酒逢知己少喝好
- 146　控制不良情绪有妙方
- 149　冷静思考是聪明
- 151　努力写好自己的历史
- 153　认识自己
- 155　认真写好结尾这一章
- 157　日常生活不能随心所欲
- 159　什么样的性格最受人欢迎
- 161　随遇而安　安而不惰
- 164　我也有胜人一筹的地方
- 166　幸福的回眸
- 168　学会欣赏自己
- 170　有追求才有希望
- 172　正确面对遗憾

## 向往美好 175

做"年轻型"老人 177
大器晚成亦辉煌 180
几点新启示 182
老年人的生活歌 184
老年人也需要赞美 186
老年人也有梦想 188
离休生活三部曲 190
人生"三层楼" 193
生活因知足而美丽 196
做快乐的老人 198
找到了新感觉 201
珍惜今天 向往明天 203

## 后记 205

## 沧桑可贵

往日的经历积累了许多回忆,有苦涩也有甜蜜,有坎坷也有顺利,沧桑使人历练。深情地回味一下过去,很有意义。前事不忘,后事之师。

# 沧桑可贵

　　人的一生，岁月漫长，大多都有过艰难曲折、坎坷磨难的经历，这是自然规律。有这样的经历，才叫沧桑，才有价值，才更可贵。其实，人生历程就是一个锻炼、成长的过程。

　　其一，是一个学习的过程。从幼年、青年直到老年，都在学习，学文化知识、学生活知识、学生产技术、学劳动本领等，其目的是提高生存能力，提高自身价值，改变自己。从不知到深知，是一个发展变化的过程，贯穿整个沧桑岁月。有的人通过不懈努力，刻苦学习，获得了宝贵的知识，成为专家学者，或者成为其他方面的有用人才。有的人虽无机会学到高深的学问，但也获得了最基本的生活知识、劳动本领、生存能力。所有这些，都是通过学习得到的，是非常宝贵的，值得珍惜。

　　其二，是一个锻炼的过程。人的一生不可能一帆风顺，经历艰难曲折、坎坷不平，才是真实的生活。人要成功，必须经风雨见世面。坎坷磨难既能刺伤人、打击人，又能锻炼人、考验人，也能锻炼人的意志、毅力。苦难使人进步，挫折使

人坚强,磨难使人成熟,从而成为一生中最宝贵的财富。

其三,是一个享受的过程。一个人不管岁月多长、生存在什么环境里,在人生历程中,都会经历酸甜苦辣、喜怒哀乐,不管是哪种感觉,都是一种具体的体验和享受。从主观愿望来说,每个人都想获得喜的、乐的、甜的,可现实中往往有苦的、酸的、辣的、哀的走进你的生活。经历不同的感受,品尝不同的滋味,也是一种锻炼,一种收获。有比较才有鉴别。它可以提高人的认识能力、识别能力,分清是非真假,认清进步与落后,转变思想观念,改变生活习惯,从而促使人们努力追求新的生活、新的享受、新的目标。

其四,是一个人成长的历史。历史是今天的过去,明天是今天的延续,走过去就是历史。人一来到世上,就是自己历史的开始。从步入社会就开始书写自己的历史,每时每刻,记录自己成长的过程。自己的历史写得如何,全在自己的努力,谁也代替不了,谁也无法重写,时光一旦过去,就再也无法挽回。因此,要从思想上提高对写好自己历史的认识,在行动上做好写好自己历史的努力,事事处处严格要求自己,坚实地走好每一步。认认真真做事,堂堂正正做人,倾注毕生精力,把自己的历史写好。做一个无愧于党、无愧于人民、无愧于历史的人。历史是一面镜子,既有回顾的意义,也有启迪的作用。

沧桑诚可贵,珍重价更高。人的一生经历那么多风风雨雨,艰难曲折非常宝贵,懂得珍惜十分重要。因为生命可贵,每个人只有一次;时间可贵,每时每刻都在流逝;勤奋可贵,只有付出才有收获;沧桑可贵,沧桑使人历练,使人成熟;贡献可贵,一生勤勤恳恳,任劳任怨,为国家、为社会、为家庭做出贡献,表明自己的成就,体现一个人的价值。沧桑岁月里有许多值得回味的地方,不管顺利与坎坷,成功与失败,平凡与伟大,都是付出艰辛换来的,都值得珍惜。只有饱经沧桑的人,才能领悟人生的哲理,懂得人生的意义。

# 初出校门第一程

　　理想是一个人的精神支柱,也是一种动力。两个月的干校学习,使我受到了一次深刻的启蒙教育,认清了形势,明确了任务,激发起火一般的革命热情,树立起追求革命的信念。因此,在校领导宣布学习计划已经完成、达到了预期目的、全体学员将分赴各地投入新的工作时,我心潮澎湃,热血沸腾。当时,我和其他学员共32人被分配到鄢陵县。尽管是远离家乡,我丝毫没有犹豫,且愉快地接受了这一分配。因为,参加工作摆脱困境是我的初衷;参加革命向往进步是我新的理想、新的追求。在宣布分配的第二天,我就与其他同志一起徒步启程,迎着初春的阳光,奔向革命的新征程。

　　出发的第一天,从舞阳到漯河这段90多里的路程,我们整整走了一天。因为都是年轻人,朝气蓬勃,意气风发,一路上有说有笑,你追我赶,互相鼓励,心情非常愉快,大家恨不得一步到达目的地。我当时心里特别兴奋,对未来充满信心和希望。在开始的一段路上,几乎是跑步前进。加上平时没有走过这么远的路程,路上走得又急,我的两只脚上打了水泡。晚上,年龄大一点的同志到漯

河支前司令部联系了一下，请求帮助解决坐火车去许昌的问题。这一要求很快得到了答复，统一搭乘火车去许昌，大家非常高兴。第二天，我们乘坐北上的火车，一路欢声笑语，伴着"咯噔、哐当"的火车声，顺利到达许昌。这是我有生以来第一次坐火车，尽管是又脏又黑、没有窗户的闷罐子货车，可我觉得，这是我有生以来最高的享受、最幸福的时刻，感到很荣幸。

我们在许昌住了一晚上，第二天吃过早饭，就又步行出发了。在这段路上，我们想的说的比较多的是：鄢陵到底是什么样子？过去听说过"鄢陵扶沟好出泥鳅，犁一犁拾一席，耙一耙吃一夏，锛一镢头，拾一麻斗"、"鄢陵人逃荒要饭的多"等，真是这样吗？……心里有许多猜测联想。走着说着，互相开着玩笑，一点儿也不觉得累，不知不觉就到达了鄢陵县城。

到县委机关报到后，接待我们的同志很热情，他们早已接到通知，做好准备，让我们先住下。经过相互介绍情况，逐个征求意见，很快就给我们28位同志分配了工作。我事后得知，在我们离开干校向鄢陵出发的路上，有几名学员半途不辞而别，回家去了，所以最后去报到的只有28人，我当时被分配到县委机关做文印收发工作，我愉快地接受了这一任务。我是县委机关年龄最小的一个新兵，大家对我很热情、很关心，在工作上、生活上给予了许多帮助，我很快就适应了新的生活。

回顾这段往事，我感受最深的是我经受住了初出校门第一程的锻炼和考验，坚定地走上新的工作岗位。这是我参加工作后经受的第一次最实际的考验。这一考验，对我一生影响很大，为我以后所走的路奠定了坚实的基础。几十年过去了，我一直珍惜这可贵的第一程，每次回忆起来，都感到很欣慰、很自豪。因为，在当时的情况下，能够面对困难迎难而上，长途跋涉，徒步行走，去接受新的任务、新的工作，需要的是信心、是勇气、是毅力，能够克服困难，徒步向前，顺利到达目的地，这就是胜利。其实，这样的经历许多人都有过，甚至比我的经历更艰巨、更精彩。现在回味它，是出于对历史的怀念，对付出的欣慰，对时光的珍惜。这也是一种美的享受。回眸欣慰的往事，能陶冶情操，净化心灵，感受今天幸福生活的滋味，更加热爱今天的好日子，珍惜今天，向往明天。

## 对老人应多一些理解

现在离退休的老人越来越多,已经形成了一个特殊的群体。由于老年人经历曲折、复杂,形成的思维方式、思想观念、生活习惯等也根深蒂固。与现代年轻人的新时尚、新观念相比,显然新旧有别,却又不期而遇。生活在一起,必然会发生摩擦碰撞。我认为,老年人的沧桑、坎坷、阅历是宝贵的财富,是一本内容丰富、涉及广泛、意义深刻的纪传体书,很值得许多年轻人读上一读。读它,能从中悟出许多人生的道理,得到许多启示,对老年人也会多一些理解。

譬如,人老了大多爱唠叨,对某些事反复叙述,生怕别人记不住,忘掉了。于是,就惹得有些年轻人、儿女们不耐烦,不理解。有时候会引起一些争执、顶撞,产生不快。其实,老人的唠叨,大多是生理方面的原因。人老了脑子健忘,行动缓慢,反应迟钝,这是自然规律。我觉得应该换个角度看待老人们的唠叨。老人们的唠叨多是善意的,是在继续为社会、为家庭、为事业、为儿女们操劳,是一种责任意识,也是老人们对寂寞的排遣,对心绪的表露,是一种与别人沟通的方式。他们想通过唠叨,把心中的忧愁烦闷从体内发泄出来,把沉重的思想

包袱解除掉。可以说,这是一种特殊的健身方法。

又如,老年人喜欢回顾往事,回忆走过的心路历程。有些人听不惯、不理解,认为是思想陈旧、落后保守。其实,许多老人含辛茹苦一辈子,为过去付出过许多,有过许多牺牲。他们既有过艰难曲折,也有过成功的喜悦;有过痛苦的遭遇,也有过浪漫激情;有过属于他们的生活圈子,也有过与他们一起长大的老乡、同学、战友、同事。这些有着特殊意义和价值的往事,他能不回顾吗?实际上,经常想一想是有好处的,能愉悦身心。回想幸福甜蜜的往事,能滋润衰老的心,能重新燃起生活的激情,增强向往美好的信心。

再如,老年人喜欢节俭。艰苦奋斗、勤俭节约是老年人的生活习惯。有些年轻人看不惯,说他们不会生活、老抠、保守、落伍。其实,老年人的节俭是一种美德。老年人是过来人,他们历经磨难,深知幸福来之不易,节俭是他们对幸福的珍惜。生活俭朴不丢人,节俭既是生活的经验,也是一种品德。在他们看来,现在虽然过上好日子,可也不能忘记过去。当然,现在收入增加了,生活富裕了,在不奢侈浪费的前提下,改善一下旧的消费观念,去掉旧的生活习惯,提高一下生活质量,是完全必要的。实际上,现在老年人已逐渐学会享受新生活。

还有,老年人希望被尊重。老年人有丰富的生活经验,过去对国家、对社会、对家庭有过许多付出,现在虽然"告老还乡"退下来了,仍希望别人承认他们的存在,了解他们的过去,肯定他们对国家、社会、家庭所做的贡献。希望别人尊重他们、称赞他们、看得起他们,欣赏他们成功的地方,看到他们存在的价值。老年人也爱面子,当受到别人称赞、鼓励时,他们仍会高兴地手舞足蹈、激情满怀,即刻会表现出意气风发、老当益壮的神态,进而更好地发挥自己的余热。

老人这本书,是在历经沧桑、饱受磨难中形成的,平凡中显出高贵,忍耐中透出坚强。理解老人,应从他们的淳朴作风、执着精神、善良品德上去理解。只有这样,才能真正理解老人们的良苦用心。

# 回味"童子功"

许多人都有过最初的经历,比如在童年时受过的启蒙教育,步入社会、踏上征程时学过的某些知识,做过的某些工作,经历过的某些锻炼,等等。这些最初的经历,可谓是人生旅途中可贵的"童子功"。最初的经历,对一个人的成长进步有重要的影响。有些最初的爱好,初学的知识,熟习的技能,可能成为一个人一生的追求,甚至成为走上成功的基础。

最初的"童子功"非常可贵,贵就贵在"千里之行,始于足下",它是人生旅途的起点,是最初的起步。初出茅庐最需要的就是知识、才能、本领。在起步的时候,努力学习一些入门的知识、技能,不仅对做好本职工作非常重要,而且对一生的成长进步都至关重要。

同时,机遇可贵,弱冠之年是人生历程中的最好时光,血气方刚,风华正茂,年富力强,精力充沛,具有许多先天的优势,是学习知识、锻炼成长的最佳时期。最初的工作往往是些小事、苦事、普通的事,但是,它是人生成长的台阶。对于初出茅庐的人来说,机会难得,稍纵即逝。机不可失,时不再来。

我有过这样的体会。刚参加工作时，先后做过文印、收发和农村群众工作。做文印工作时，我从刻蜡版、印文件过程中学到许多知识，锻炼了写作，磨炼了意志。做收发工作时，使我认识到收发工作是一项保密性很强的任务。保密无小事，责任重如山。经常收发党内重要文件、机密文件、绝密文件，事关党和国家的大局，深感责任重大。明确的责任、严格的纪律，使我在实际工作中养成了恪尽职守、慎之又慎、严谨细致的习惯。在深入农村做群众工作时，我受到了最深入、最实际的锻炼。我虽然生在农村，长在农村，对农村有很深的感情，但是真正认识农村、了解农村的一些情况，还是我参加工作以后，在老领导、老同志的带领下，又回到农村去工作，在宣传党的路线、方针、政策，发动群众访贫问苦、调查研究中，在帮助群众解决实际问题的过程中，加深了对农村、农民、农业问题的认识，同时，也加深了与劳动人民的感情。我深刻感受到，在农村工作的这段经历，是我一生中最可贵的学习和锻炼机会。在"三同"中与群众同呼吸、共命运、心贴心，与群众结下了深厚的情感。在我脑子里，许多老房东、老住户、老党员、老干部、老积极分子的形象，至今历历在目，记忆犹新。

回首往事，感慨颇多。这段最初的经历，给我留下很深的印象，它是我步入征程的起点。最初的经历给我提供了许多宝贵的机会，带来许多好处。由此我想到，不仅我如此，许多人都是这样，一生中许多成功的地方、取得的经验、积累的知识、不断的进步，都与最初的"童子功"有联系。

当然，一个人在最初的经历中，不可能一帆风顺、事事如意，事实上许多人都遇到过一些事出无奈、别无选择的遗憾，碰到过不理想、不如意的事。但是，只要坚持、顽强、执着、拼搏，最终总会有好结果的。

回味"童子功"，是对陈年往事的回眸，是对沧桑岁月的欣赏，也是一种享受。在回眸中认识到"千里之行，始于足下"的重要，在缅怀中体会到沧桑岁月的可贵，在欣赏中感受到最初的选择、一生的追求、永久的信念、眼前的幸福是何等宝贵。

我想，一个人不管如何发展变化，多么辉煌、伟大，都是从最初开始的，从普通开始的，从做小事开始的。要看重当初，珍重当初，同时经过一生的奋斗、拼搏、追求，又必然"告老身退"，变成普通人，这是规律。重要的是什么时候都要清醒地认识自己，认识自己的过去和现在，认识自己的缺点和长处，恰当地把握自己，认认真真地走好人生历程中的每一步。

# 坐拖车的感受

在人生历程中,有些细小的生活往事,啥时候想起来都让人激动不已、回味无穷。就拿坐车来说吧,在日常生活中,好多人都坐过飞机、轮船、火车、汽车、马车、牛车、架子车、自行车,可能很少有人坐过拖车。这件事恰巧让我碰上了,我就坐过。

我说的这种拖车,是过去农村使用的一种生产工具,现在已经见不到了。它的形状像个木头架子,全是用木料做成的。没有车轮,底盘是两块棱着的厚木板,前后用两根撑子固定着,上边是纵横上下连接为一体的架子,下地干活时,拖车上放着犁耙农具,牛拉着就走了。它最大的特点是:不论旱天、涝天、土路、泥路,只要用牲口拉着就能走,使用方便灵活。

这种车在古今中外车的序列里,可能是档次最低的了。就是这样的车,1956年在鄢陵抗洪抢险时派上了用场。当时县委领导让我陪同两位来自省里的领导同志,到灾区检查指导抗洪抢险工作。那时,县里领导还没有坐上汽车,平时下乡工作多是骑自行车。县到乡还没通公共汽车,通往各乡镇的公路全是

泥土路，遇到雨天下乡工作，只能长途跋涉，徒步行走。面对当时的情况，我们也只能徒步前往。开始步行走了十多里路，在一个村镇休息时，与当地干部群众交谈中，有的干部和群众提醒我们说，这里离灾区还有几十里路，天气不好，路这么远，两位领导年岁又大，行走不便，你们不如坐拖车去好。在拖车上放个木板，人坐在上边，用牛拉着，在泥泞路上行走，走得又快、又轻便灵活，不耽误事。于是，在当地干部群众的热情帮助下，我们四人分乘两辆拖车顺利到达灾区。及时向灾区干部传达了上级指示精神，并深入灾区了解情况、察看灾情、慰问灾民，与当地干部群众共商抗洪抢险措施，组织转移安置灾民等。在这次活动中，拖车这个看着不起眼的工具，确实发挥了了不起的作用。回想起来深感有趣。

这件事已经过去50多年了，但是每次回想起来我都非常激动。因为它是我亲身经历的往事、走过的人生历程、感受过的生活。当时，想的最多的是如何赶快到灾区去，根本没想什么体面不体面、身份和面子这类事，一切以方便工作为出发点。在困惑之时，能找到这种克服困难的办法，心里非常高兴，坐上这种车特别愉快。现在想起来，坐这种车有点滑稽可笑，可在当时的确是解决困难的好办法。尤其是那些朴实善良、热情助人的村干部以及饱含深情、助人为乐的农民群众，在国家有事、一方有难时，表现出的爱党爱国精神，对党和政府的信任，对灾区人民的同情和支持，以及他们应对困难时有胆有识、急中生智，实在感动人、鼓舞人。那种高尚的品德、无私的精神，实在可亲、可敬、可爱、可赞，啥时候想起来，都深感欣慰、愉悦、甜蜜。

## 剪报丰富人生

我喜欢剪辑报刊资料。剪报的初衷是在浏览、阅读报刊杂志时,看到一些好文章、好资料,对它产生兴趣。有时候看了一遍觉得不过瘾,还想再看一遍,可当时因为种种原因,没时间再看下去,于是,就把这些好文章剪下来,放在一边,等以后有机会时再细细品味。

随着时间的推移,我剪辑的资料越来越多,为了使用方便,便于查阅,我分门别类地进行了整理,按照不同的内容,分别装订成"名人名言"、"思想杂谈"、"历史故事"、"名人轶事"、"奇闻趣事"、"养生之道"、"健康知识"、"每天怎么吃"、"生活小常识"、"语言文学知识"、"回忆文章"、"党和国家领导人重要讲话"、"党史知识"、"倾情教育与求学之路"、"知识改变命运,智慧创造财富"、"创业者的故事"、"成功者之路"、"如何教育孩子"等。

这些资料,是我长期以来浏览报刊精心挑选出来的。别看它不起眼、很普通,大小不一,片片断断,可其中有不少"出身名门",出自有识之士、专家学者之手,是很好的作品。我深刻体会到,报刊杂志是一部百科全书,是资料库。在阅读时发现有用的资料，及时把它剪下来，保存起来，也是一种文化积累。使用它是一种资料利用，拥有它是一种财富，看到它有一种成就感。所以，我经常翻阅它，从中汲取营养，学习知识。它对我改进工作方法，提高工作效率，加强思想修养，改善人际关系，改进饮食习惯，提高生活质量，增强保健意识，提高身体素质，以及在讲话、写作等许多方面都帮过大忙，我觉得它非常实用。

我常想，像我这样，过去没有机会进入高等学校，没有系统地学习过文化基础知识，文化知识先天不足，工作中经常遇到"拦路虎"，碰到许多不懂不会的问题。如何解决这一难题，只有靠自身的努力，在刻苦自学上下功夫，抓住一切可以自学的机会，做到眼勤、手勤、脑勤，多看、多听、多学、多记，在工作过程中，处处留心学习，拜"能者"为师。借别人的智慧来武装自己，充实自己，弥补自己对知识的先天不足。我体会到，剪报这种办法，简单易行，轻便灵活。只要有求知若渴的欲望，长期坚持，持之以恒，就能积累起丰富的知识。

剪报是我一生的爱好，离休后仍坚持不懈，它给我带来许多宝贵的知识和乐趣，使我终生受益。

# 精神需求不可少

老年人在生活中有许多需求，除了衣食住行外，还有精神方面的需求，这也是不可缺少的。正确地引导、积极地帮助、切实地解决好老年人的精神需求，对提高老年人的生活质量，丰富休闲生活，促进其身心健康，有着非常重要的作用。老年人的精神需求表现在许多方面，比如：有的老年人，在"告老身退"颐养天年时，喜欢听音乐、歌曲、戏曲，享受高雅的生活。美妙的音乐、动听的歌声、优美的旋律、抒情的戏曲唱段，能陶冶人的情操，满足人的情感需求，滋润人的心灵，给人带来愉悦，把人带入轻松愉快、身心健康的精神境界里。有的老人和年轻人一样，对音乐、歌声、戏曲爱得如痴如醉，通过听音乐、歌曲、戏曲，精神状态好像年轻了许多。还有的老人爱听广播，经常从广播里了解国内外大事，满足自己求知的欲望，汲取精神营养，这都是非常必要的。试想，一个人什么都不知道、不了解，那样的生活还有什么意思呢？肯定是枯燥无味的。

有的老年人，为了丰富自己的休闲生活，喜欢看书、看电影、看报纸、看戏

剧、看小品、听相声等，通过看、听，了解新情况、新形势、新发展、新变化，并从中得到启示，学到许多新知识、新观念，使自己的思想与时俱进，跟上时代的步伐，适应形势的要求，不断地取长补短，改变自己，完善自我，应该说这是一种良好的生活习惯，是追求进步、积极向上的精神境界，值得称道。

有的老年人，积极培养自己的爱好，参加各种娱乐活动，使自己的休闲生活过得有滋有味，唱唱跳跳，说说笑笑，多一些爱好，少一些寂寞。在爱好中寻找开心，在娱乐中忘掉年龄、忘掉疾病、忘掉忧愁。在唱中、跳中、笑中，消愁解闷，排忧解难，走进快乐的人群，涌入欢乐的洪流，给自己带来了身心健康、精神愉悦，这样的晚年生活岂不快哉！

有的老年人，年轻时埋头工作，艰苦奋斗，把全部精力都投入到事业上了。壮年时除了事业还要照顾家庭，敬老爱幼，没有时间或没有条件外出参观旅游。现在老了，从工作岗位退了下来，经济条件也好了，想到各地去走走看看，参观一下祖国的大好河山，看一看各地的发展变化和名胜古迹，大饱一下眼福，这种精神需求是理所当然的，深受儿女们的称赞和支持，实在是一件一举多得的好事。

老年人重感情，对爱情、亲情、友情的需求，尤其显得迫切，看得很高、很重。特别对儿女的关爱、夫妻的恩爱、亲朋好友的挚爱和家庭的温馨、社会的和谐、亲情的关爱、朋友的关心，看得特别在意，特别重要。在他们心里，觉得有亲情、爱情、友情，生活才有意义、有活力、有情趣、有欢乐，拥有这些感到欣慰幸福，失去它就会空虚失落。

精神需求是每一个人都需要的，老年人更需要。精神需求不是等来的，要靠自己积极努力去培养、去创造、去追求，还要学会抓紧时间尽情享受，创造充满欢乐、愉快、幸福的晚年生活。

# 最初的起点

人的一生，岁月漫长，经历颇多，有些事随着时间的流逝，早已忘记，可有些事，让你一生都记忆犹新。我小时候，家境困难，母亲去世早，父亲体弱多病，常年过着衣不遮体、食不果腹、糠菜半年粮的生活。谋生尚且困难，求学谈何容易。眼看到了上学的年龄，却不能上学，叔父看在眼里，急在心上。我叔父虽不识字，可他懂得上学的重要。有一天，他郑重其事地对我说："茂亭，明天你去上学吧，我供养你，只要你好好学习，用功读书，我每天给你一个蒸馍。不上学、不读书，将来咋办哩，你会后悔一辈子。只有上学读书，将来才有出路，才有前途……"叔父的一席话，使我幼小的心灵受到震撼，深感振奋、鼓舞、欣慰、喜悦！

在我的印象里，叔父和蔼可亲，热情善良，乐观豁达，乐于助人，在村里深受称赞。他一生务农，热爱劳动，农闲时做卖馍生意。

本来，我们家和叔父家早已分居，可叔父对我们家仍非常关心，特别是对我很关爱，我能看得出，也能感觉到，他非常喜欢我、关心我。平时，喜欢带我玩，带我去古庙会上看戏，给我买吃的、买穿的、买学习用品等。小时候，尽管日

常生活过得很艰难，又过早地失去母爱，但是叔父给我的关爱、呵护，让我深感温暖。我一生牢记叔父"只有上学才有出路"那句话，相信文化知识能改变命运。我也终生不忘叔父为了鼓励、支持我上学，每天给我一个馍的情景。我觉得那不是一个普通的馍，那是一种力量，是在困难时期给我的最宝贵的关爱，是鼓励，是寄托，是激励我前进的动力。叔父使我在困境中看到了希望，对生活增强了信心，对未来充满了期盼。

  我上学虽晚，但知道上学的重要，懂得珍惜时间，刻苦努力，经常坚持黎明即起，发奋读书，尤其是喜欢背诵语文和数学口诀，用毛笔写大、小字，并取得了较好的学习成绩，深受老师的赏识，不断受到老师的表扬、鼓励。在老师的推荐下，我先后参加过全校的演讲比赛和体育比赛。在全学区举办的运动会上，我参加赛跑还获得过物质奖励呢。

  我喜欢回顾这段欣慰的往事。对我来说，它有着特别重要的意义。因为这是我最初的起点，是来之不易的学习机会，是非常宝贵的。每次想起来，我都感到很欣慰、很激动。这件事让我感动了一辈子，内心里经常有争口气的思想。我常想，是谁给我的学习机会，是叔父。叔父鼓励我、支持我上学，改变了我的命运，使我学到了宝贵的文化知识，才有今天的我，否则的话，我很可能是另一种情况。

## 唠叨是老年人的抒情曲

　　唠叨,又称絮叨、啰唆。人老了,大多爱唠叨,对某些事反复说、多次说,生怕别人不知道或忘掉了。对待老年人的唠叨,有些年轻人或者儿女们不理解、不耐烦,有时候会发生争执、顶撞,惹得老人生气。不过,也有一些人喜欢听老人唠叨。如有的儿孙们喜欢听老人给他们讲陈年旧事和日常生活中的细节、知识、经验等,有些老夫老妻相互之间喜欢听对方的嘱托、提醒、呵护。

　　老年人唠叨,大多是由于生理方面的原因。人老了,脑子迟钝、健忘,对一些事反复叮嘱、叙述。老年人的唠叨多是善良的,是在继续为事业、为家庭、为儿女们操劳、牵挂,是一种责任意识的表现,也是对心绪的表露和对寂寞的排遣。

　　据我观察,老年人唠叨有许多好处。老人唠叨是催人奋进的启示录,尤其是对儿孙们,经常提醒他们要勤奋工作,廉政为民,为国争光,为家添彩;唠叨是老夫老妻的浪漫情歌,他们之间的唠叨大多是关心、牵挂、嘱托、呵护,是发自内心的爱意;唠叨是消愁解闷的抒情曲,老人通过唠叨,把满腹的忧愁从体

内发泄出来,把沉重的思想包袱解除掉,能使心理轻松;唠叨是预防犯罪的警示钟,有些老人一生刚正不阿,也严格要求自己的孩子勤政为民,不做有违党纪国法的事。所以,通过经常唠叨与年轻人、儿女们进行沟通、提醒,能起到警示作用。唠叨是滋润儿孙的催眠曲,许多孙子辈的孩子们喜欢听爷爷、奶奶、姥爷、姥姥唠叨往日的故事、乡间的民风民俗、日常的生活知识等,这些听起来很实用,能增长社会知识。唠叨是老年人舒心活血的长寿经,许多老年人把想说的话说出来,把窝在心里的气宣泄出去,觉得心里舒服、痛快,身心也放松了。可以说,唠叨是一种特殊的健身方法。因此,我认为,对老年人的唠叨应该正确地看待,从积极的方面认识唠叨的益处、作用,尤其是年轻人、儿女们,对老年人的唠叨应多一些理解,多一些耐心,多一些热情,像听音乐、抒情诗一样,耐心地听老人唠叨。

# 老人是一本书

　　老年人饱经风霜、历尽沧桑、阅历丰富是一本宝贵的书,是一本岁月沧桑、人生百味书。你看,一个人从步入人生征途,就开始了自己的"写作"活动,写自己的人生,写自己的历史。寿命越长,经历越多,写得就越多。在老年人这个大群体中,聚集着各种各样的思想观念、道德、情感、职业、特长、学识、学历等,什么样的经历都有,什么样的经验、知识、感受都有。千人千面,人生百味,多姿多彩,五花八门,可谓是人生的百科全书。只要你细心观察,用心去读,什么知识、学问都能找到、学到。

　　老人这本书,是一部历史巨著。每一个老人都在写,像接力赛一样,承前启后,继往开来,连续不断地写。现在的年轻人,将来也会接着写。

　　老人这本书,是经验的积累,是才智的结晶。在"写作"过程中,大多都一波三折、七灾八难,经受了千锤百炼。有的一生坎坷,历经磨难,越挫越奋,显示出苦难中的伟大;有的苦学有成,事业辉煌,彰显出卓越的才华;有的成熟于磨难之中,有的成功于灾难之后,有的成功于喧闹的城市,有的成功于偏僻的乡村。

有的少年得志,有的大器晚成,到苍老暮年才出成果。有的一生务工、务农、经商、执教,甘愿做普通的劳动者,在平凡的岗位上默默奉献,为国家、为社会、为家庭、为子女们出力流汗,修桥铺路,且无怨无悔。当看到今天过上幸福生活,老人们满脸堆笑,对往日的苦难挫折一笑了之。

老人这本书,内容丰富,门类齐全,形象生动。既有思想、情感、语言、文字,也有实际行动。在阅读中,最重要的是要读他们艰苦奋斗的作风,读他们贤惠善良、和蔼慈祥、可亲可敬的人格魅力,读他们勤劳朴实、任劳任怨的品德,读他们与人为善、助人为乐的美德,读他们顽强拼搏、执着追求的勇气,读他们忍耐、宽容的风格,读他们热爱祖国、热爱党的事业、一生追求理想信念的革命精神。

读老年人的书,最重要的是用心去读,用情去读,用爱去读。要有热心、耐心、诚心,带着深厚的情意、抱着感恩的心态去接触他们、关心他们、爱护他们。深入生活之中,贴近思想实际,了解他们的心思、情感,理解他们的良苦用心,感受他们的执着精神。只有这样,才能真正读懂老人这本书。

事物往往是多角度的。看老人这本书,必须全面地、立体地看,既要看到甜蜜幸福,也要看到辛酸苦涩;既要学经验,也要接受教训。读老人这本书,无论对国家、对社会、对家庭、对每一个人,都大有好处。老年人是社会的财富,是社会大家庭的重要组成部分。虽然大多都"告老身退",但是,他们在社会上、在家庭里,仍然有着重要影响,仍然发挥着重要作用。认真做好老年人的工作,读好老年人这本书,既有重要的现实意义,又有深远的历史意义。在学习中,能悟出许多人生哲理,品出待人处世的道理,有益于国家的昌盛、事业的发展,有益于社会和谐、家庭幸福,有益于承前启后、继往开来,有益于弘扬优秀文化、发扬光荣传统。

读老人这本书,最忌讳的是探秘、讥讽、冷漠、淡忘、不以为然。

# 乐在"骑"中

我喜欢骑自行车,从20世纪50年代至今,已有50多年的骑车历史了。在半个多世纪的沧桑岁月中,自行车一直伴随着我,成为我生活中的必需品、好伙伴。骑车让我骑出了乐趣、骑出了健康、骑出了丰富多彩的生活,它给我带来许多方便和好处,我深感"骑"乐无穷。一是给我生活带来许多方便。比如在走亲访友、接人带物、赶集买菜、购物买面等日常生活中,确实发挥了不小的作用。二是给我工作带来许多方便。在20世纪五六十年代,县、乡机关还没有汽车,主要交通工具就是自行车,骑自行车下乡工作、到机关上下班是常有的事。下乡时,常常在自行车后架上带上行李,说走就走。到工作驻地,放下行李就开始工作。到各地检查工作时,一天跑几十里、上百里的路程,全是骑自行车去完成,轻快便捷。在与群众接触中没有距离感。三是锻炼了身体。骑自行车是一项有益的健身活动,操作自如,全神贯注,轻便灵活,全身运动,整个身体都得到了锻炼。往往是活动一天,出一身汗,不仅吃饭香,睡觉也香,那真是一种享受。长期骑自行车,也使我学会了一些维护、

修理、擦洗、上油等"手艺"，增强了"自力更生"意识。四是给我休闲生活增添了乐趣。现在，我已"告老身退"，过起悠然自得、潇洒自如的生活。如今生活中没有过去那种任务在身、时间紧迫的压力感。但是，自行车仍然是我的好伙伴，仍在为我发挥作用，乐在"骑"中。离休后，我喜欢参观旅游，经常骑上自行车到郊区，到农村，到田间地头，到林间溪旁，到大街小巷，去观光游览，开阔眼界。有时自己单独行动，有时与几位老朋友相约同行。在与人结伴同行时，往往是带着相机，边走边议。遇到合适的地方，就坐下来，谈体会，说感受。看到好的景观，就照几张，心情非常愉快。近年来，骑车游览已渐成习惯，而且可在不同时期、不同地点，寻找不同的游览观赏内容。春天到郊区去看万物复苏、百花迎春、花开花落的变化；夏天到农村看麦浪滚滚、丰收在望、风景如画的田园风光；秋天到野外去看硕果累累、菊花飘香、层林尽染的景色；冬天到园林、河边，去看傲然屹立的松、柏、梅、竹。在游览观赏中赏心悦目、心旷神怡，那种感受真是美极了。不知不觉净化了心境，陶冶了情操，忘掉了烦恼，深深地被眼前的新工程、新建筑、新发展、新变化所感染、所鼓舞、所陶醉。每当谈起这如诗如画的新生活时，我都会深情地想起自行车的功劳，这悠然自得的活动，是自行车帮我完成的。

我对自行车有着很深的感情，无论过去和现在，我都喜欢它。在上个世纪，我骑过永久牌、飞鸽牌自行车。自行车是我的心爱之物，因为当时人们的收入还很低，没有太多的贵重物品，自行车、收音机、手表被人们称为"三大件"，谁能拥有一辆自行车就不错了。那真像现在有的人有一辆"奥迪"、"桑塔纳"一样，挺吸引眼球哩。那时，我把自行车视为掌上明珠，把刚买来的自行车用塑料带包起来，生怕磨损和碰破它。几十年过去了，现在自行车的新品种、新工艺、新样式层出不穷。我骑过的自行车，已经换过好几代了。先是加重"28型"的，后来是轻便"26型"的，现在是新潮"24型"的，还有一辆"20型"折叠式的。尽管现在生活条件好了，出行条件也发生了很大变化，但是我仍然对骑自行车钟爱有加，喜欢骑自行车活动。

改革开放以来，我们国家发生了巨大变化，经济发展了，生活水平提高了，汽车、摩托车、电动车日渐增多，不少家庭已有了私家车。相比之下，自行车确实没有汽车、摩托车气派，但是我觉得自行车仍有广泛的群众基础、生活用途,广大群众对自行车仍非常喜爱,因为它是一种普及型、大众化的交通工具。它最大的特点是经济实惠,轻便灵活,使用方便,有利环保,有益健康,老少皆宜。我相信,再过若干年,经济技术再发展,生活水平再提高,自行车也不会被淘汰,因为人民群众的日常生活需要它。

## 迈出关键的一步

　　机遇可遇而不可求，但自己的努力是不可少的。机遇总是青睐有准备的人，有准备才能发现机遇，抓住机遇才能改变自己。

　　童年时期，因为家境贫寒，生活过得很艰难、很凄苦，加上家里先后有几位亲人去世，使我一进家门就感到恐惧。因此，常想摆脱这个困境。

　　解放前夕，在我家乡早已传闻"八路军快来了"、"共产党是穷人的大救星"等。我和许多人一样，听到对共产党、八路军的赞誉，欢欣鼓舞、翘首企盼，对国民党旧政权的腐败，深恶痛绝。在这样的情况下，我们学校也放假了，我整天待在家里，除了劳动，其他无事可做，心里很不是滋味。一天，我正在街上玩儿，邻村的几位同学找我，问我愿不愿到县城干校学习，说通过学习能参加工作。我说，我早就有这个想法，我愿意去。我回家拿着被子就和他们一起走了。当天就到县城干校去报到了，这是我有生以来第一次远离家乡，第一次走进久闻的县城，第一次与那么多热血青年聚在一起，过充满激情的集体生活。这是我一生中迈出的最关键的一步。

我常想,机会总是青睐有准备的人。有些事看似偶然,其实蕴含着必然。因为,我内心深处经常想着要寻找机会,摆脱困境,走出去,改变自己。所以,遇到干校招生,就抓住机会,迈出一步,实现了我的夙愿。

走进干校,投入新的生活,心情非常愉快。我从一个农村割草小孩儿,变为一名干校学员,深深感受到投身革命的温暖、幸福。在这所600多人的大学校里,展现出一派崭新的气象。学校领导艰苦朴素、平易近人,辅导老师热情教导、和蔼可亲,学校职工服务周到、乐于助人,学员们心潮澎湃、热血沸腾。师生员工之间团结友爱,和谐相处。整个校园洋溢着生动活泼、紧张有序、欢声笑语、蓬勃向上的气氛。每天按时作息、开会、学习、唱歌、跑操、扭秧歌,有时候还举办一些演唱活动,生活很有规律。

在学员中,由于我年龄较小,性格活泼,大家都喜欢接近我。入校不久,就被选拔到由十二人组成的校秧歌队里。每逢集会和到校外参加活动,我们秧歌队员披着彩绸,走在队伍的前头,感到很荣幸、很自豪。

在干校学习期间,由于我学习努力,表现积极,很快就经人介绍加入了中国新民主主义青年团。在团组织的带领下,我学会了第一支歌曲:你是灯塔,照耀着黎明前的海洋;你是舵手,指引着前进的方向……学会了第一个舞蹈:《红星舞》。由于团组织的教育帮助,我在思想认识和政治觉悟上进步很快,在学习期间被评为学习模范。这个时候的我,感到从未有过的幸福,不仅吃饱了肚子,而且每天都生活得很愉快,完全被新的生活、新的环境陶醉了。

在两个多月的时间里,按照学校的安排,我们主要学习了毛主席的《目前形势和我们的任务》、《中国社会各阶级的分析》、《中国土地法大纲》、《论忠诚与老实》,季米特洛夫的《论工作方法》等。这些内容是我过去从来没有听说过的,全是新的知识,觉得很新鲜、很入耳。在学习中,读文件、听报告、分组讨论、写心得、记笔记,入心入脑,使我懂得了许多革命道理,明确了前进方向,找到了生活目标,好像一下子变聪明了。对人、对事、对社会、对形势,看得更远了,追求得更高了。心明眼亮,志向远大,对未来充满希望,对前途充满信心。

这次学习是我刚参加工作时的最初起点,虽然已过去60多年了,但是我仍然对它充满太多的回忆。因为它给我留下了深刻的印象,影响了我的一生。在长期的工作过程中,我从未忘记过当初投身革命的情景,不断回顾接受干校

教育时的激情。最初的起点成为激励我前进的动力。在我心目中，是共产党解放了我，我一定听党的话。刻苦学习、努力工作、艰苦奋斗、永不懈怠，这将作为贯穿我一生的主线。

　　我对这段往事，一直牢记在心，什么时候都不会忘记，它实在太可贵了。因为，在当时的情况下，能迈出这一步，需要的是决心，是勇气。当然，一个人的成长进步，并非一步定终生。在人生历程中，每个时期都有新的一步，每个转折点都是新的一步，每次工作变动都是新的一步。能不能走好每个新的一步，时刻都在考验着自己。因此，在漫长的岁月里，必须保持清醒的头脑，要不断激励自己，严格要求自己，认清方向，明确目标，坚定信念，脚踏实地，勇敢、谨慎地走好每一步，这是一个人一生都应重视的事。

# 生活中应该有一种感恩心态

在生活中应该有一种感恩心态,感谢每一个曾经帮助过自己的人。我很赞赏这句话。因为有没有感恩思想,反映一个人的思想意识和道德品质。我想一个人一生中,为了生存和生活的需要,得到别人的帮助和帮助别人是常有的事,是人之常情。可这个帮助,在某个时候对某个人来说至关重要,可能会影响他的一生,改变他的命运,或者改变他的不良处境和生活质量。在我的一生中,从幼年、少年、青年、中年直到老年,得到过许多人的关心、照顾、帮助和支持,不少事让我至今记忆犹新,诸如父母的养育,叔父的关爱,老师的启蒙教育,亲朋好友的关心照顾,老领导的培养教育,老同事的帮助、支持等,这些伴随我一生的恩德,使我终生难忘。他们那推心置腹、语重心长的话语和友好亲切、诚恳热情的帮助,我至今铭记在心。老实说,没有他们的帮助,绝对没有我的今天。还有许多老同志、老朋友对我的家庭和孩子们的关心、帮助和支持,我都牢记在心。因为正是由于他们的帮助,改变了我的命运,提高了我的生活质量,实现了我的人生价值,使我获得了幸福。因此,我至今对他们心存感激、心怀感恩,

终生不忘。

  出于同样的心情,在以往实际生活和工作过程中,我也帮助、支持过别人,诸如帮一些人参军入伍、上学、进修、工作。说实话,在力所能及、不违背原则的前提下,我愿意做这些事,办成后心里也特别高兴、欣慰。在帮助别人办事的过程中,我的态度是:积极协助,努力帮助,愿尽义务,不图回报。办成了不求感谢,办不成希望谅解。

  回顾过去,我深刻感受到,人的一生,生活在社会上,置身于人群中,相互之间互相帮助是常有的事,是人之常情。实际上许多事是一个人、一个家庭解决不了的,是需要别人帮助才能解决的,有些事甚至需要大家齐心协力、共同努力才能解决。如生产、生活、工作、学习、婚姻、家庭、疾病等就需要大家的互相关心、互相帮助。因此,每个人都应该正确对待和处理好人际关系中的互相帮助问题,要有助人为乐、乐善好施的心态,发扬扶贫帮困、为人排忧解难的传统美德。同时,对曾经帮助过自己的人表示感谢、心存感激、心怀感恩同样是崇高的道德风尚,应该发扬。

# 我说人生三件事

人的一生，岁月漫长，需要做的事情很多，但是我觉得最要紧的是三件事：一是求学，二是工作，三是生活。

求学，就是学知识、学文化、学经验、学技术。求学是生存的需要，是人的本能。其目的是为了提高生存的能力和生存的质量。求学的好处不言而喻，但在幼年时期，未必懂得学习的重要，甚至有时还会产生厌倦情绪。因此，培养学习兴趣、提高学习自觉性非常重要。兴趣是最好的老师。培养学习兴趣，说服教育、讲大道理固然重要，有时候运用寓教于乐、形象生动的形式启发诱导以及赏识鼓励的办法，会收到意想不到的效果。兴趣有了，学习的积极性、主动性、自觉性提高了，往往会起到事半功倍的效果。

求学贵在"求"，只有求学心切，刻苦努力，不畏艰难，孜孜以求，才能取得好的成效。书籍是智慧的钥匙，知识是进步的阶梯，学问是经验的积累。一个人想要拥有知识，提高自身的价值，实现自己的理想，必须认真读书学习。

求学，幼年是最好的起点，幼年时聪明，是打基础最好的时期。学习的内容大多是基础知识,是前人留下的宝贵财富,是历史的精华,智慧的结晶,经验的总结。通过学习,不仅能增长知识,而且能陶冶情操,培养品格,影响人的一生。

求学是一个循序渐进的过程,是一个从低到高、由少到多逐步积累的过程,只有持之以恒,日积月累,才能拥有丰富的知识。

求学不怕起点低,长期坚持,终会有果。有些人幼年时由于种种原因,失去了上学机会,步入社会后,才有了学习机会,于是抓紧时机,刻苦学习,终于学到了宝贵的知识,改变了自己。这说明,只要有求知的欲望和攀登的精神,有决心,有毅力,什么时候学习都不晚。

求学最重要的是要提高自学的能力。人的一生,许多有价值的知识是在自学中得到的。长期坚持,博览群书,即使没有机会走进高校深造,也能拥有丰富的知识。

工作,或者叫劳动。人在社会上,都担负着一定的责任,为了生存发展,为了社会进步,每个人都要从事一定的工作劳动,社会上需要做的事情很多,但是不一定每个人都能做。一个人能办的事很多,但是不一定什么事都能办,而且也不一定都能遇到好机会。社会是一个广阔的平台,到处都有用人的地方,每个人都有工作的机会,个人追求与社会需要是互相选择的,余地很大,机会很多,人与人之间竞争也很激烈,关键是必须打造好自身条件,要因时、因地制宜,把握好机遇。自身条件好,有知识、有才华、有技术、有经验,选择的机会就多,路子就广。

干好工作的动力是理想、信念,目标明、方向对、路子正,才能心明眼亮、志向远大。用理想激励自己,勇往直前,肯定会有好的结果。但是干什么工作都不会一帆风顺,遇到这样那样的坎坷、磨难是常有的事,最重要的是要坚持、忍耐、执着、顽强。

生活是丰富多彩的,也是千变万化的。生活不仅包括衣食住行、吃喝玩乐,还有学习先进技术、使用先进科技、人际交往、养生保健等其他许多方面。生活中有甜蜜也有苦涩。生活是每个人都必然经历的事,怎样生活,如何生活,如何生活得温馨、幸福、愉快,这是许多人都会思考和向往的事。但是由于情况不同,条件各异,观念有别,生活的质量、生活的环境、生活的方式千差万别。我觉得生活中最重要的是:

（一）对生活要充满信心，要有动力。在追求理想、信念的同时，要憧憬未来，向往美好。对未来充满希望，对生活充满信心。有信心才有动力，有追求才有希望。

（二）要研究生活的学问。人群中蕴藏着丰富的生活经验，只要细心观察，虚心求教，就会学到许多好的生活习惯、生活经验、科学的生活方式以及健康的生活理念。在日常生活中，要不断改进生活方式，更新消费观念，学会享受健康时尚的新生活。生活好不仅表现在物质上，更重要的是体现在心情上、精神境界上、文明程度上。

（三）要经受住挫折、磨难的考验，学会适应各种环境，愈挫愈奋，顽强拼搏。

（四）要树立乐观向上的心态，积极主动地寻找乐趣，使生活过得充实、开心、平安、和谐、温馨，有情趣，有意义。

## 孝顺贵在"顺"

孝顺在词典里解释为："尽心奉养父母，顺从父母意志。"不少做儿女的，出于孝心，诚心诚意地给父母买好吃的、好穿的、好用的，甚至有的儿女们互相比着孝敬父母，你买好吃的，我买好穿的，你买高档的，我买进口的，你请父母品尝风味小吃，我请父母到高级饭店吃山珍海味，这着实让老人感到温暖、幸福，给他们带来欢欣愉悦。可有时候父母心里并不是滋味，感到不安，觉得这样做有点奢侈浪费。许多老年人是从过去苦日子里过来的，过惯了节俭生活，吃惯了粗茶淡饭，喜欢穿与邻里乡亲相差不多的衣服，过于高档的服装，他们穿不出去。所以，有的儿女们为爹妈买的高档衣物，一直放在衣柜里。在许多老人心里，想的最多的是家庭和睦、平安、幸福，是心理上、精神上的需求。实际上，只要儿女们经常想着他们，在生活小事上对他们关注一下，他们就满足了。比如常回家看看，和父母在一起拉拉家常，或抽空打个电话问候一下，或给他们买一件适用的小物品，或在一起吃顿家常饭，大家动手包顿饺子，吃碗杂面条，他们就高兴得不得了，就能使他们得到极大的安慰和滋润。

我想，儿女们在孝顺父母时，最好还是顺着父母的心意，应着重满足精神方面、心理方面的需求。当然，老人家含辛茹苦操劳一辈子，现在生活好了，收入增加了，适当地提高一下生活水平，改善一下衣食住行条件，增加一些保健用品，是完全必要的。但是要体察老人的心意，不必过分，不要强加于他们，还是顺其意愿、顺乎自然为好。

# 学会人际交往

人生活在社会上，行走于人群中，总要与形形色色的人打交道。聪明的人、有才华的人、想成就一番大事业的人，都非常重视人际关系，把搞好人际关系当成发展自己事业的一个重要条件来看待。

人们在工作、学习、生产、生活等各种社会活动中所发生、发展和建立起来的人与人之间的关系，不仅直接影响着人们的思想和行为，甚至影响着一个人一生的发展。人在社会上做事，有许多事是一个人难以解决的。因此，不论青年人还是中老年人，都需要广交朋友，同周围的同事、同学、朋友进行积极的人际交往，建立起融洽的关系。

我觉得，学会人际交往，有助于沟通和增进人与人之间的情感；有助于学习吸收新的知识、新的观念；有助于培养开拓创新能力；有助于正确认识自己和完善自我；有助于促进家庭和社会和谐；有助于人们的身心健康。

懂得人际交往是一种智慧和境界。在相互交往中运用饱满的精神、亲切的语言、诚恳的态度、广阔的视野、恰当的举止、得体的服饰、谦逊的表情，给对方留下深刻的印象,令对方愿意同他接近,从而促成事情的解决。充分显示出一个人的精神境界和人格魅力。

善于人际交往是一种能力,是一个人成熟的表现。在人际交往中,不仅需要有良好的愿望,还需要有好的方法与技巧。譬如,在交往中要表现出积极主动的姿态,要熟悉对方,主动接触了解对方的性格、兴趣、爱好,关心别人的痛痒,讲求礼貌、宽容、敬爱、尊重、虚心求教等,并能及时、准确地表达自己感激的心情,讲求诚信等,这无疑会增加自己的吸引力,会使对方产生心理互惠的作用,使对方愿意为你提供服务和帮助。

人际交往是一个人一生必读的学问,无论是正在成长的青年人还是投身事业的中年人都离不开人际交往,就是从岗位上退下来的老年人也需要人际交往。老年人交几个真挚好友,经常相约相聚,聊天交谈,互相开导,不仅能增长知识、开阔视野,而且能消除苦闷、愉悦身心、延年益寿。

在人际交往中,切忌冷漠傲慢、无精打采、举止不端、盛气凌人、谈吐粗俗、浅薄无知。试想,那种行为不端、粗俗傲慢、对别人不屑一顾的人,谁愿意和他接近呢?同时,那些在平时工作中对领导布置的工作、交给的任务,讨价还价,出言不逊,不把领导放在眼里,不时地流露出对领导不满情绪的人,就是他才高八斗,谁又敢用他呢?

# 永远的追求

读书学习是我一生的追求。从童年、青年起直到老年,一生都喜欢读书学习。"都云学者痴,谁解其中味",我自己最清楚。童年时期,家境贫寒,谋生尚且困难,读书谈何容易。好不容易上了六年学,学到了一些文化知识,深感可贵。解放初参加工作时,自知读书少,基础差,底子薄,先天不足。但是,从饥寒交迫的生活里,投入到火热的革命阵营中,那种翻身解放的感觉,使我心潮澎湃、热血沸腾,深深地感受着新形势、新生活、新环境的美好,心情非常愉快。对革命充满激情,对未来充满希望,觉得眼前的现实是我们学习的极好机会。于是,在老领导、老同志的带领下,坚持边工作边学习,学政治、学文化,学习各种知识。那时,正处青春年少时期,读得多,看得快,消化吸收也快。通过学习,明白了许多革命道理,增长了许多知识,也提高了自身的文化素质。后来,随着时间的推移、工作的变化,深感自己的知识不够用了,不努力学习很难胜任工作。同时,在实际工作中,在与人交往中,看到许多学习好、读书多的人,他们知识渊博,见解独到。相比之下,自愧不如,鲜明的对比,使我深深地认识到知识的宝贵,学习的重要,于是就下定决心,带着任务、带着问题,坚持学习,坚持学以致用,学用结合。尤其在自学上狠下功夫,不论工作多忙,困难多大,都坚持不懈,希望通过自己的努力来改变自己,弥补自己的不足。

促使我刻苦学习的另一个原因是我的工作经历。我参加工作以来,先后做过文印收发、训练党员、学校教育、文化宣传、党务等工作。在做文印收发工作时,每天刻印文件、抄写材料,促使我必须学习;在训练党员时,因为有讲课任务,我必须先学一步;在做学校教育工作时,深感没有文化知识,不努力学习,是适应不了这种环境的;在做党的宣传工作时,觉得任务更重了,责任更大了,促使我自我加压,挤时间,坚持早学一点、多学一点、学深一点,来适应工作的要求。

在长期的学习过程中,我深刻认识到一个人即使拼命学习,也不能把所有的书都读完,只能结合自己的实际情况,有重点、有选择地进行学习。在自学中,我对自己提出如下要求:一是必读必学的。如党纲、党章、马克思主义哲学、科学社会主义、中共党史、毛泽东选集等,这是基础知识、基本理论,是必须学习的。二是应知应会的。如各个时期的路线、方针、政策、任务、岗位职责、业务知识等。三是博学多识、加强修养。如学习历史知识、写作知识、文学艺术、名人名言、思想修养等,学习这些可以从中汲取营养,丰富自己的知识。四是学习科学养生及饮食保健方面的知识。在学习中,我体会到,读不同的书,会有不同的作用。读政治书,能养大气;读业务书,能养才气;读修养书,能通晓事理;读文学书,能陶冶情操;读史书,使人明智;读诗词,使人巧慧;读伦理书,使人庄重;学逻辑修辞,使人善辩;读名言格言,能警示、启迪自己。总之,只要认真学习,就会拥有学问,就会使人改变气质。

回顾过去的学习历程,我深刻体会到,学习是一个人的终生大事,必须树立终身学习的观念,学习是一个长期的过程,不同时期有不同的要求,为了适应不断发展的新形势、新任务、新要求,必须与时俱进,不断学习。学习是向先人、前人、别人学知识、学本领,有一个循序渐进、潜移默化的过程,必须长期坚持,持之以恒,虚心求教,善于把别人的好东西吸收过来,经过再研究、再创新,变成自己的东西。同时,我认为一个人原来的文化基础差、底子薄,通过刻苦学习是可以改变的,自学不怕起点低。只要努力学习,长期坚持,是能够学到在书本上学不到的知识的。最关键、最重要的是要提高学习的自觉性、主动性,要培养自己的自学能力。

## 有感于执着精神

改革开放以来,从全国各地的报刊杂志和广播电视上不断听到和看到一些高考落榜后不矢志、不落魄、不怕挫折、顽强拼搏、执着追求、苦学求成的典型,听后看后让人感动不已,十分敬佩。湖南省一位 40 岁的普通农民,在 16 年里连续参加考研十几次,虽然"屡试屡败",但是他坚持不懈、刻苦学习,终于在第十三次参加研究生考试后,被重庆师范大学研究生院录取。河南省汝州市的一位农民,上学时高考失利,后来外出打工,在打工期间又连续参加几次高考,又遭失利。无奈之下,他通过自学考试取得了大专文凭。其间,为了生活他当过搬运工、建筑工人、保险推销员等,后来他在江苏技术师范学院当门卫时,参加了本科自学考试。又参加了重庆师范大学研究生考试,终于在他 39 岁时,收到了重庆师范大学公费硕士研究生录取通知书。漯河市一位因身体原因,多次被学校拒收的青年,为了生活,他修家电、种蘑菇、到街头摆地摊。不管处境多么困难,他仍坚持学习。终于考上了兰州大学,后来又成为兰州大学的博士生。

上述几个典型事例,让我感受最深的是他们那种顽强拼搏、执着追求的精神和面对现实、克服困难的勇气以及发愤读书、刻苦学习的态度。

　　这几位成功者在遇到高考失利时，无一例外地都表现出不矢志、不落魄，相信自己的命运就掌握在自己手里。面对挫折，勇敢坚强，充满自信，不放弃努力，经过顽强拼搏、执着追求，终于实现了自己的梦想。

　　这几位高考失利的"硬汉子"，在落榜后大都遇到过这样那样的困难，比较多的是家庭贫困，经济拮据。面对现实，他们有的在家边劳动边学习，想方设法学技术，增加收入；有的边打工边学习，甚至摆地摊、做小贩等；有的在日常生活中克勤克俭，节衣缩食。这样的经历促使他们性格早熟，懂得开发自身资源，实现自身价值的重要，把困难、逆境当成财富，经受种种磨难和考验，认识到成功来之不易，更加珍惜自己可喜的收获。

　　这几位苦苦追求，等了好多年才等到录取通知书的人，可想而知，他们付出了多少努力，流了多少汗水啊！他们大都在每次高考失利后，及时找到自己的差距，看到自己的不足，很快振作精神，继续发愤读书、刻苦学习，做出许多牺牲，硬是把知识学到手。因为他们相信，读书是成功的阶梯，只有知识才能改变命运，必须脚踏实地地学习。高考的成败，最重要的是文化知识的较量。知识、技术、文化能改变命运，这是真理，不管在什么情况下都是这样的。

　　上述事例确实使人感动，令人敬佩，但同时也发人深思、给人启示。仔细想一想，在当今人才辈出、竞争激烈的时代，何止高考中有竞争，实际上各行各业，各条战线，都存在着新老代替、优胜劣汰的竞争局面，人人都面临着许多竞争和挑战。毕业就业、上岗下岗、失业安置、破产创业是常有的事，就是在人们的日常生活中，也会常常遇到许多意想不到的天灾人祸。艰难困苦、必然遭遇和突然降临的事情有很多，重要的是人人应该有忧患意识和防范意识。顺利时想到困难，拥有时想到失去，丰收时想到灾荒，健康时想到生病，既看到自己的优势，也要想到自己的不足，还要有应对挫折、克服困难的勇气和能力。

## 阅读拾零

长期以来,我养成一种习惯,就是在读书、看报、听广播、看电视等各种学习过程中,遇到自己感兴趣的好文章、好词语、精彩的语言等,随时把它摘记下来。开始,我并不是刻意去找好词语、好语言,只是看到这些文章写得好,认识比我高,理解比我深,语言很精彩,打动了我。我想拥有它,觉得动动手就能得到它,把它记下来,以后会有用处。后来,我逐渐意识到,这是一种学习知识的好方法,于是就经常随身带一个本子,不论外出开会、学习,或是下乡、在机关工作,看到那些富有哲理、寓意新颖、比喻形象、论据科学、见解独到、认识深刻的语言和段落,就随手记下来。现在,我已经摘记了好多本了。我体会到:这些知识性的资料很普遍,在许多书籍、报刊、杂志上都有,处处留心,随时都能遇到。动动手就能留下来,松松手可能就跑掉、流失。记下来就是一笔财富。

对这些摘记下来的资料,我视为精品,经常翻阅它,需要时翻之即来。往往经过自己的大脑再思考、再加工、再认识,可触类旁通,举一反三,能引出许多新理念,形成自己的新认识。我深刻体会到,这些宝贵的资料,别看它就那么一段,或者就那么几句,甚至一句、两句或一个文章的标题,看起来简单零碎,却很奇妙,它会使你的心胸豁然开朗、茅塞顿开、眼睛明亮、思维清晰。因此,我把这些资料看作是我的好朋友,是医治我思想枯竭、知识缺乏的营养素、药引子,不断地丰富自己。

摘记资料是我一生的乐趣,无论过去、现在和将来,我都会一直坚持下去,它是我的宝贵财富。

## 赞美别人　陶冶自己

在与人交往、相处中学会欣赏别人、赞美别人,是一种人格魅力,是境界高、涵养好的表现。古人云:"三人行,必有我师焉。"人都是有感情的,这是与生俱来的。在家庭中、在朋友间,善于发现他人身上的美,他人的优点、长处、进步、成就,并由衷地、发自内心地给予赞美、鼓励,就像阳光、空气、水分滋润树木花草一样,滋润人与人之间的关系。从心理学的角度讲,任何人都有被肯定、被赞美、被欣赏的心理需求。人人都想通过被赞美进而被崇拜,来体现自己的人生价值。要知道,人性中最本质的愿望和要求,就是希望得到别人的赏识。小学生考试取得优秀成绩,朋友、亲人之间互相的付出,科学家的创造发明获得奖励等,虽然他们拥有的东西不同,但是他们被肯定、被赞美的心态是一样的。

赞美是对别人的尊重。人人都有自尊心,受到别人的赞美是每一个人都非常需要的。赞美不仅能加深人与人之间的感情和理解,而且能激励上进、增强自信,在人际交往中可以调节气氛、缩短距离。比如,上级对下级、领导对员工的赞美,对其工作成绩的肯定,会使下级、员工受到鼓舞,感到温暖,会更加努力工作,做出更大的成绩。被人赞美是令人愉快的事。同事之间、朋友之间互相赞美,会使相互之间关系更加融洽友好。夫妻之间互相赞美,会使双方情感加深,更加恩爱。父母与孩子之间互相赞美,会使相互之间心情舒畅,家庭和谐,产生美满幸福的家庭气氛。

实际上,你只要留心观察一下与你相处的人,就会发现许多人都有值得称赞的地方,如显著的工作成绩、刻苦的学习精神、良好的生活习惯、有趣的爱好、典雅的谈吐、独特的经历、深刻的见解、漂亮的服饰等,这些都是值得称赞的内容。

学会欣赏别人是一个人有知识、有修养、懂道德、有礼貌的表现;懂得赞美、鼓励别人是一个人有智慧、有能力、有风度、思想境界高的表现;善于赞美、鼓励别人,是一个人心胸开阔、心理健康的表现。

欣赏别人的过程,也是自我认识和自我完善的过程。在欣赏别人的优点、长处时,也提高了自己;在称赞别人的进步、成就时,自己也得到了鼓舞、促进;在赞美别人的品德、风格时,也陶冶了自己的情操,使自己的胸襟变得更加宽广。

赞美、鼓励别人的方法多种多样,诸如含蓄委婉、入情入理、自然流露、顺应语势、发自肺腑、善意真诚、具体实在、贴切自然等。但赞美别人切忌言过其实、赞美过头,甚至曲意逢迎、夸大其词。

## 珍重价高

珍惜对每一个人都很重要，因为许多人都有过十分可惜的失去，在拥有时不知道珍惜，失去时才追悔莫及。与其来日想着失去的那份美丽，不如在拥有时好好用心去珍惜、呵护、善待它。

# "逆境文化"是宝贵的财富

中华民族是个有着悠久"逆境文化"传统的国度。重视"逆境文化"自古有之,数千年来,许许多多哲人志士将艰难困苦、坎坷磨难、挫折逆境当作滋养人格的兴奋剂和催人奋进的垫脚石,为后人留下许多至理名言和愈挫愈奋的故事,诸如卧薪尝胆、愚公移山以及"头悬梁,锥刺股"等。

在近现代革命史中,在战争年代和建设时期,"逆境文化"也曾发挥过重要作用,人们常用"天将降大任于斯人也,必先苦其心志,劳其筋骨,饿其体肤,空乏其身……","锲而不舍,金石可镂","世上无难事,只要肯登攀"等,埋头苦干、任劳任怨的精神来激励人、鼓舞人。在我国历史上出现过许多挫折考验人、逆境造就人、国难出英雄、家贫出孝子的生动事例和有趣故事。

先人、前人、伟人、哲人的至理名言和他们在实践中总结出来的经验,给后人留下一笔宝贵的财富,不断激励后人学会面对困难,发愤图强,勇往直前,顽强拼搏,以此改变自己的命运。

在现实生活中,"逆境文化"仍有着重要的现实意义。重提"逆境文化"教

育,可以唤醒一些面临困难、遭遇挫折的人振作精神,不轻易放弃自己的努力。比如失业、离婚、失恋、落榜、求职未被录用,或遭遇疾病缠身、自然灾害突然降临等,面对困难时要勇敢坚强,不自卑、不退缩、不悲观失望、不灰心丧气,努力改变自己的生存条件,靠自己的努力改变自己的命运。

我觉得有时候在工作、学习、生活中遭遇坎坷、磨难不一定是坏事,很可能会变成好事。因为逆境、困难能考验人、锻炼人,它可以把人击垮,也能使人成熟,很可能会战胜困难出现奇迹。克服困难创造出来的产品、成果最可贵、最值得珍惜、最自豪。

但是,逆境、磨难变成财富是需要付出的,需要靠自己去拼搏、去创造、去争取,有耕耘才有收获,有付出才会有回报。成功是汗水换来的,胜利是牺牲换来的,要改变自己、改变困境,必须付出努力,甚至做出牺牲。

# 不要用老眼光看孩子

在日常生活中，我发现有些人对自己的孩子"几年一贯制"，爱用老眼光、老观念、老办法看待孩子。譬如，在许多生活细节上，本应教会孩子自己去料理的事，家长却用包办代替的办法，替孩子去办理，使孩子养成依赖习惯。其实，采取循循善诱、潜移默化的方法教孩子学会自理生活，增强孩子的自理意识，对孩子的一生都会有好处。有的孩子，刚走进学校感到很新鲜，上进心很强，学习很努力，能自觉、主动地完成老师布置的学习任务。可有的家长仍不满足、不放松，继续追加任务，提高要求，不让孩子享受放学后的自由，使孩子产生苦恼。有的孩子平时很努力，每次参加考试都很认真，可也有判断失误、笔下出错的时候，考得不理想，这时本应肯定他付出的努力，鼓励他继续努力，下次争取好的成绩，可有的家长往往不原谅，而是厉声厉色地批评指责，使孩子很窝心。有的孩子经过几年的学校生活，通过老师的教导及学习的深入，与同学们广泛接触、相处，增长了许多知识，懂得很多道理。可有的家长仍然用老眼光看待已经上中学、上大学的孩子。其实，孩子们的智力发育是很快的，每个阶段的变化

都是很显著的，尤其是进入中学阶段以后，他们接受新事物相当快。随着知识的增加，许多孩子已经意识到自己不再是"小孩子"了，而是大人了，对许多事情已经有了自己的看法，甚至像大人一样独立思考。这个时期最需要不断地看到孩子的发展、进步、变化，及时地给以启发、引导和鼓励，使其健康成长。可有的家长对这方面的认识往往有点儿滞后，看不到孩子的变化，还把他当小孩子看待，总是千叮咛、万嘱咐，一到家里，事事指点、盘问、指责，居高临下地指手画脚，指责孩子，强令孩子做这做那，惹得孩子心里很烦，引起反感，认为家长、大人不尊重他们，不信任他们，嫌大人啰唆。因为这样看待孩子，会妨碍他们独立意向、自理能力的发展。当然，家长的出发点是好的，但是效果却适得其反。

  我想，什么事都在发展变化，人也是如此，应该用发展的眼光看待事物、看待孩子。多一些鼓励，少一些指责，尤其应用赏识的态度看待孩子，这有利于孩子的健康成长。我个人认为，家长们应有自知之明，要不断学习，努力提高自己的思想认识，更新自己的思想观念、思维方式，改掉旧的生活习惯，该鼓励孩子时不要错用批评指责，该向孩子学习时，就应放下架子虚心学习，不要不好意思。孩子在知识、能力、学识等方面超过自己时，应该看到，应该高兴。该放权时不要抱住不放。这样做肯定有好处，会给你带来许多意想不到的效果。对孩子应多一些理解、谅解，虚心向他们学习，这是"返老还童"的一种转变。其实，只要仔细观察一下，在孩子的成长过程中，出于本能自觉做出的许多好事，都是值得家长们、老人们学习的。孩子们到青少年时期，随着学习的不断进步、知识的增加、认识的提高，许多新观念、新见解、新知识等，都是值得家长们、老人们学习的。

## 感受爱的魅力

  爱是人的本性,是发自肺腑的感情,是人世间最美的情感,每个人都需要。人类社会充满着爱,人的生活是由爱托起的,人际关系中与人为善、助人为乐就是爱的表现,家庭和睦、社会和谐是人们互相给予爱的结果。人的一生因为有爱才有生命力,才有趣味,才有活力,才有希望,才生动活泼、丰富多彩,爱对每个人来说都非常宝贵。
  爱的内涵十分丰富,除了情爱,还包括关怀、安慰、鼓励、奖赏、赞扬、信任、帮助和支持等。人的一生需要许多爱,如父母的慈爱、夫妻的情爱、子女的敬爱、兄弟姐妹的亲爱、亲朋好友的挚爱、社会大家庭的友爱、组织领导的关爱等,这些爱对一个人一生的影响非常大。父母的爱是骨肉相连、血脉相通的,似阳光雨露,使人感到温馨、无私、安全,是世界上最崇高的爱;夫妻的爱是心心相印、相扶相携、患难与共、相濡以沫,使人感到情深意切、美满幸福,是人生最美好的爱;子女的爱是爱的结晶,生命的延续,使人感到甜蜜、欣慰,充满精神的寄托、心灵的抚慰;兄弟姐妹的爱是血脉相连、感情深厚的,使人感到手足深

情；朋友的爱是彼此了解、知己相逢、相识相知、情谊深切的,有如同兄弟的感觉；社会的爱充分体现社会大家庭彼此相处,相扶相帮、团结友爱、相互依存的关系,能感受到置身于民众之中的温暖；党组织的爱是阶级的爱,是超越家庭亲情、追求崇高理想、实现远大目标、具有高尚情操的爱,是用科学的理论、先进的思想、优秀的文化、严格的纪律、无私的精神武装起来的先进分子的爱,这种爱比生命还宝贵,是一个人一生中最高的追求。

  一个人拥有上述这些爱是十分宝贵的,得到这些爱的确很幸福。因此,在拥有这些爱时,一定要倍加珍惜；在享受这些爱时,一定要用心感受。同时,还要以极大的热情、感激的心情、报恩的心态,积极主动地把自己的爱心、爱意、爱的情感、爱的行动给予别人,让别人感受到你的爱,这不仅能给别人送去温暖,拉近与别人的距离,产生伟大的力量,而且还会创造出新的奇迹。我认为,要想得到别人的爱,必须先付出自己的爱,只有用深厚的感情去爱自己的亲人、朋友、同事,乃至素不相识的人,才会得到爱的回报,实际上,爱别人同时也是爱自己。

  人世间相互表达爱的方式很多,有语言的,也有物质的,还有用行动表达爱心爱意的。有时候,一句亲切的问候、热情的鼓励、诚恳的祝福会使对方心里感到热乎乎的。在生活困难的时候,一斤粮票、一张饭票、一碗热汤、一件衣服就能把人救活,使人感动一辈子。在遭受挫折、遇到灾难时,亲切的安慰、友善的帮助、无私的支援会使对方看到光明、感受到希望,产生战胜困难的勇气。

  每个人都离不开爱,据心理学家讲,爱是儿童心理健康之源,也是成人心理健康之源。一个人在童年时得不到充足的父母之爱,成年后也会有心理障碍。儿童缺乏母爱,容易形成孤僻、冷漠、自卑、怯懦的性格。老年人失去爱,容易产生孤独、凄凉、消沉、忧郁、苦闷、烦躁等不良情绪。因此,少年时期的伙伴和师长之爱,青年时期的情侣和夫妻之爱,中年时期的同事、朋友和子女之爱,都是不可缺少的。对别人表达真诚的爱心是心理健康的表现。

  爱是一个人一生中最需要、最宝贵的东西,应该珍惜它、爱护它,在日常生活中要学会培养爱、善于使用爱、充分享受爱,正确地看待爱的意义和作用,积极主动地把爱心给予别人,努力成为播撒爱心的使者。

# 节俭是一种美德

现在生活好了,人们谈论艰苦奋斗、勤俭节约的话少了。相对来说,讲排场、摆阔气、大吃大喝的风气比过去严重了。有些人手里有几个钱后,忘乎所以,头脑发昏,极力追求超前消费、高级享受,动辄大操大办。有的为了炫耀,一掷千金,挥霍无度。有的数典忘祖,对中华民族的传统美德不以为然,甚至对历经沧桑、饱经风霜至今仍保持节俭之风的老人妄加非议,说他们思想保守、观念陈旧、不会生活、老抠门等。

节俭真的过时了吗?非也。艰苦奋斗、勤俭节约是我们的传家宝,是广大劳动人民在沧桑岁月里形成的生活习惯、宝贵精神,是他们在灾难深重的旧社会总结出来的生活经验、磨炼出来的美德。广大劳动人民经历磨难,顽强拼搏,用生命和汗水换来的宝贵财富、灿烂文化、经验美德,怎么能不珍惜而轻易忘掉它、丢掉它呢?

节俭之风蕴含着沉沉的历史积淀和科学的含义。节俭并非吝啬,节俭是谨慎的消费、理性的消费,是清醒的理财、精明的管理。节俭之风表现出沉稳的气

度,体现的是周密计划、科学安排、大局意识、全局观念、统筹兼顾。从节俭中可以看到精打细算、从长计议的精神。我觉得,这种思维方式、思想观念、理财意识永远不会过时,不论对国家、对社会、对家庭、对个人都是需要的。任何时候都没有理由浪费财富,什么时候都需要弘扬艰苦奋斗、勤俭节约的精神。节俭不仅过去需要,现在需要,将来依然需要。过去需要是从沧桑岁月中悟出的道理,现在需要是对来之不易的幸福的珍惜,将来需要很可能是由于生态的变化,使人们懂得资源的珍贵。就目前来说吧,尽管生活条件好了,生活水平提高了,可越来越多的事实是:水资源少了,土地资源少了,地下资源少了,森林树木少了……不节约用水、用电、用地,行吗?一旦遭遇天灾人祸,我们将无法应对。俗话说,人无远虑,必有近忧。此话蕴含很深的哲理。

  提倡艰苦奋斗、勤俭节约,并不是不花钱、不支出,而是要理性地消费,该花的钱一定要花,但是该节省的必须节省。如何消费、支出,要根据自己的条件、情况,分出轻重缓急,钱一定要花在刀刃上。

  当然,看待节俭生活,也得有发展眼光、新的观念。现在条件好了,经济发展了,收入增加了,生活富裕了,适当地改善一下居住条件、生活方式,提高一下生活水平,是完全必要的、应该的。但是,那种大吃大喝、大操大办、铺张浪费、挥霍无度的奢靡之风绝对不可取。

  节俭不是目的,节俭是一种观念,是一种品德。发展生产与节俭生活是相辅相成的。生产发展了,收入增加了,理应改善一下生活条件。收入增加了,生活富裕了,坚持理性消费,把节俭下来的钱用于扩大再生产,或者积蓄一些以防不测,其目的都是为了创造更多的财富,为了更好地生活。我觉得,胜利时保持冷静,富裕时注意节俭,什么时候都不能忘记艰苦奋斗、勤俭节约的优良传统和作风。即使生活富裕了,也要保持勤俭节约的美德。

## 可贵的成才之路

近闻,许多地方选拔大学毕业生到农村去当"村官",颇感新鲜。这是过去没有过的,很有意义。

农村是一个广阔的天地,到那里确实可以大有作为。中国是一个农业大国,有九亿多农民在农村。农村的基层组织是党和政府联系群众的纽带,是国家政权的基础。基层组织点多面广,涉及四面八方,联系千家万户。农村是个大后方、大学校,能养人、能育人,也能锻炼人。农民的优秀品质、可贵精神、良好作风,影响、感染、熏陶出一代又一代优秀儿女。农村是成就人才的大学校。

到农村基层组织去任职、去锻炼,其重要意义在于到群众中去,密切联系群众,深入了解群众,坚定依靠群众,虚心向群众学习,认认真真为群众办实事、办好事。在基层工作最大的特点是深入、具体、广泛,与群众面对面地接触,许多工作往往是上边千条线,下边一根针。就那么几个人,什么工作都要干。在这样的环境里工作,远离领导,置身于群众之中,确实能锻炼人,能锻炼独立工作的能力,能增长智慧,能增强应变能力,能锻炼吃苦精神,能提高适应能力、组织能力、协调能力、表达能力,能激发自己创造性地开展工作。

到基层锻炼是我们党的优良传统，是培养、造就干部的成才之路。在革命战争年代和建设时期，我们的革命老前辈就是从基层里锻炼成长起来的。那个时候，大批干部来自五湖四海，为了共同的目标不畏艰难困苦，工作在最基层的部队、农村、厂矿里，与工人、农民、战士在一起，同甘苦、共患难，浴血奋战，经受锻炼。那个时期，在革命队伍里，来自五湖四海的工、农、商、学、兵什么都有。在文化学识上，专家、学者、教授、大学生、中学生、小学生，还有大批不识字的文盲等。在火热的斗争中，在艰苦的生活中，在错综复杂的环境里，人们经受着各种各样的锻炼和考验，是最深刻、最实际的锻炼，是刻骨铭心、终生难忘的锻炼。正是由于那种生死与共、千锤百炼的锻炼，才造就了大批觉悟高、素质好、能力强、德才兼备的人才，为改变国家的命运和推动国家的发展，准备了力量，创造了财富，使中国革命和建设事业取得了辉煌的胜利。

你别看那个时期的老同志文化程度不高，是大字不识几个的工农干部，可讲起话来头头是道，表达能力相当强。能把人说哭，也能把人说笑，老百姓很愿意听他们讲话，因为他们讲的都是老百姓心里的话，代表人民群众的利益，反映人民群众的心声和要求。那个时期的干部老练、成熟、勇敢，有丰富的群众工作经验，有艰苦朴素的工作作风，有与群众同甘共苦的心态，有贴近基层、贴近实际、贴近群众的感情，有很强的组织领导能力。许多人还有丰富的理论知识、社会知识、文化知识，有智慧、有才华、有经验，这些都是经过实践锻炼出来的，是经过刻苦学习积累起来的，好多宝贵的知识和经验是书本上学不到的。

现在是改革开放的新时期、新阶段，面临的是新情况、新问题、新形势、新任务。这就要求我们必须培养造就一大批适应新形势、新任务，具有新观念、新思维，掌握新知识、新技术、新方法，有智慧、有才华的新生力量来担当起这一历史重任。因此，选拔大批优秀大学毕业生到农村基层组织去任职锻炼，是完全必要的，是形势的需要，有重要的现实意义和深远的历史意义。胡耀邦同志说过："我国四个现代化建设事业能否实现，主要靠两条，一是要有一条正确的路线，二是要有大批建设人才。""江山代有才人出，各领风骚数百年"。组织选拔大批优秀大学毕业生到基层任职、锻炼，必将为我们国家的进一步发展强大造就出大批有用之才，成就更加大的事业。

# 可贵的健康理念

有位老朋友对我说：健康比金钱更重要，聪明人经营健康，明白人珍惜健康，普通人忽视健康，糊涂人糟蹋健康。这话讲得有道理。你看，有的人懂得健康理念，合理膳食，适量运动，戒烟限酒，日常生活很有规律，在工作、学习、生活中朝气蓬勃，精力充沛，有的步入花甲、古稀之年，但精力旺盛、心态年轻。可有的人忽视健康，随心所欲，山吃海喝，暴饮暴食，拼命吸烟，嗜酒如命，生活很不规律，年纪不大就产生多种疾病，高血压、高血脂、高血糖的"帽子"早就戴上了，心脑血管和肠胃疾病也早已患上了。好好的身体被不良生活习惯给害了。

影响一个人健康的因素很多。有客观因素，如遗传基因、自然条件、客观环境、天灾人祸、突发事件等；也有主观因素，如思想观念、生活习惯、保健意识、思维方式等。追求健康，关键在于如何认识健康、珍惜健康、经营健康、享受健康。

想拥有健康是每一个人的愿望。因为健康是生活的基础，是学习知识、搞好工作、投身事业的基本条件。健康的好坏直接影响生活的质量、生命的质量、

家庭的幸福、人生的前途。少年儿童拥有健康,可以健康成长,活泼可爱地生活;青年人拥有健康,可以更好地学习知识、投入事业,也可以享受花前月下的甜蜜生活;老年人拥有健康,可以更好地安度晚年,享受生活,少生疾病,延年益寿。

健康是一个过程,追求健康必须从珍惜做起。生活中有许多影响健康的不良习惯,譬如山吃海喝,暴饮暴食,吸烟、酗酒、赌博等,这些不良习惯直接损害健康,影响工作学习,影响家庭幸福,威胁人的生命。

经营健康是一种智慧。应当从增强保健意识、提高科学养生知识、养成健康习惯做起,树立坚持不懈、持之以恒的决心。不论在什么时候、什么样的情况下,都要想着健康,坚持健康的生活,积极主动地投入健康活动,舍得在健康上下功夫、花时间。在经营健康中,还要善于向别人学习健康的经验,取长补短,丰富自己的知识,不断提高健康水平。

健康是一种体验。要针对自身情况实事求是地制订健康的措施,如预防疾病的措施,防止发生意外,适度锻炼的方法,食疗、药疗的方法以及调整心态、寻找快乐等。

健康是一种感受。身体健康会给人带来愉快,给家庭带来幸福,给社会带来安定。享受健康可以从身体强壮、精力充沛、思路敏捷、生活快乐、延年益寿上去感受。健康是一个过程,长寿是一个结果。身体健康,事业进步,活得有质量,就能体会到健康的伟大意义。

# 黎明思考能增智

过去我有个习惯,一到早上六点钟左右就醒了,再也睡不着了。这可能是由于工作多、任务重的原因吧,心里老是有一种压力感和紧迫感,每天都觉得时间不够用。白天忙一天,晚上还要挤时间"开夜车"看文件、写材料,为第二天的活动做准备,往往到晚上十一二点钟还不能睡觉,第二天一早就醒了,醒了以后还在想问题。这样一来就形成了一种不良习惯,晚上睡得晚,早上醒得早。睡眠不足,天天欠账,时间一长,身体就出毛病了。

后来,我改变了这一习惯,坚持每天晚上十点钟前就睡觉,睡觉前活动半小时,再用热水泡一下脚。一般情况下,晚上不"开夜车"。早上醒来时,在床上想问题,想当天或近期要办的事,想好后再用"好记性不如烂笔头"的办法,把它记下来,写成提纲或日程安排。我的床头经常放着备用的纸和笔。至于看文件、写材料等,尽量放到白天去办。这样一来,时间一长就形成了新的生物钟,身体也渐渐地好起来。

从工作岗位上退下来直到现在,我依然坚持着这一习惯。这个习惯使我深

深地体会到：黎明前在床上思考问题，能增智慧。因为经过一夜的睡眠，身心得到充分的休息，头脑清醒，思路清晰，这个时候是一天中的最佳时期，往往是事半功倍。回想起来，过去我有好多事情都是在这个时候完成的。诸如对某一讲话材料的起草，从内容到结构、题目、句式的构思；对某一阶段工作、学习情况的总结；对某一往事的回忆；对参与某项活动的思想准备；对某一经验教训的反思；某些苦恼心事的消除等。在这里，我想把这些体会作一介绍，请中老年朋友不妨一试。我觉得，那句"一日之计在于晨"的古训是非常有道理的。

# 人间最美是友谊

"人之相识，贵在相知；人之相知，贵在知心。"在人生旅途中，许多人都重视友情，看重人情，相信交情，珍惜人与人之间的情谊。于是，在生产、生活、工作、学习等各种活动中，重视结交一些好搭档、好伙伴、好帮手、好战友、好同事、好朋友，并建立起深厚的友谊，在相处交往中，给生存发展、成长进步带来许多好处。这方面我有一些体会，在一生历程中，我结识了许多好同事、好同志、好朋友，其中，有求学时的同窗好友；有在一起工作的老同志；有下乡工作时的老房东；有身处逆境、遭遇困难时帮助过我的老领导、老同志；有关心过我的成长进步，介绍我入团、入党的启蒙老师；还有我离休后，在寻找新的乐趣、追求新的爱好中结识的新朋友等。人生所贵在知己。我把这些好同事、好同志、好朋友视为良师益友，把相处交往中形成的友谊，视为宝贵财富。他们对我的关心、支持、帮助和鼓励，我一直牢记在心，视为动力。他们的好思想、好作风、好品德，给我留下很深的印象，一直激励着我。

我常想，人生活在社会上，置身于人群中，总要与人接触、交往、打交道，

绝对不能孤独寡居,旁若无人。人类社会本来就是相互联系、相互依存的。一个人要想成就一番事业,必须有得力的人来帮你,与你合作。常言说:一个篱笆三个桩,一个好汉三个帮。世间最美好的东西就是友谊,人生最美好的东西就是拥有几个头脑和心地都很正直的好朋友,这比什么都重要,比金子都珍贵。拥有亲密的朋友和真诚的友谊,有益于相互学习,取长补短,互助互利,集思广益,无论什么时候,都会感到心里踏实、温暖。在你遇到困难的时候,他会伸出友谊之手,助你一臂之力。在你陷入苦恼、心烦意乱时,他帮你消愁解闷。当你学有所成、事业有果时,他会给你祝贺鼓励。真正的朋友是爱说真话、实话的,当你行为失当、犯了错误时,他会对你直言批评,坦诚忠告,帮你改正。友谊中蕴含着勇气和力量,往往一句知心话,赛过雷霆万钧;一句热情的祝福、鼓励,会使人精神振奋;一句亲切的问候,会使人起死回生。而如果孤独寡居,没有朋友,肯定会陷入抑郁寂寞、形单影只之中。没有友谊的生活是苦涩的。

　　交友的意义和作用是人所共知的,纵观历史,抚今追昔,许多先人、哲人、伟人都有过英明的教诲,如:"有朋自远方来,不亦说乎!""人生得一知己足矣!""谅解、支援和友谊比什么都重要。""难得是诤友,当面敢批评。""莫愁前路无知己,天下谁人不识君。""人之相识,贵在相知;人之相知,贵在知心。""海内存知己,天涯若比邻。""世间最美好的东西,莫过于有几个头脑和心地都很正直的严正的朋友。"古往今来,大凡有识之士都十分重视友谊,把友谊看得非常宝贵、神圣。

　　物以类聚,人以群分。交什么样的朋友是有讲究的。交光明磊落、诚实忠厚、心地正直的朋友,会给你带来快乐、甜蜜。与心术不正、刁钻奸诈的人交友,会给你带来灾难、祸害、麻烦。因此,在交友中要善于识别,谨慎选择,要交益友、不交假友。我觉得有三种人是可以做朋友的:一是与人为善、助人为乐、心地善良、仁义慈爱的人,这种人往往把别人、友情看得很重,珍惜友谊,尊重别人。二是刚直不阿、秉公办事的人,这种人严于律己,为人正直,品德高尚,可信可敬。三是光明磊落、胸怀坦荡的人。这种人实事求是,不谋私利,有话说在当面,一是一,二是二,待人处世坦诚实在。

　　交友是人世间可贵的联系,是人际关系中积极向上的举动,虽然没有什么章法,但在相处交往中,却相互信守一些默契。譬如,谦虚谨慎,尊重别人;宽容忍让,虚怀若谷;举止文明,行为礼貌;积极主动,态度热情;实事求是,言而有信;直言批评,不拒忠告;心怀感恩,淡泊名利;切忌苛求,勉为其难。我对友谊感触很多,我的体会是:相见未必曾相识,相识相处贵相知。相扶相帮坦荡路,人间最美是友谊。

## 新官上任做什么

一个干部,特别是主要领导干部,被委任到一个新单位、新岗位、新地方走马上任,一般都要开个大会,进行一番表态亮相,发表一篇"安民告示",以展示风采、安定人心、鼓舞士气,求得当地广大干部群众的理解、配合、支持,同心协力、树立信心、互谅共勉、共同奋斗。这样做,无疑是"顺民心、合民意"的,这种"开场白"有的做得很精彩,使听者耳目一新,精神振奋,深受鼓舞。如有的在表态亮相会上讲:要烧好"三把火",一把火烧官僚主义,一把火烧懒惰情绪,一把火烧贪污腐败等。有的则表态讲:上任后先"不放火",而是先去"拾柴禾",意思是先深入基层,深入群众,了解情况,调查研究。在吃透情况、弄清问题后再"放火"。还有的表态讲:上任先洗"三盆水",一盆水洗脑,保持头脑清醒,眼明心亮;二盆水洗手,做到干干净净,清正廉洁;三盆水洗脚,勤下基层,向群众学习。还有一位新干部表态:上任后用好"三把锁":一是堵后门,二是拒贿赂,三是不谋私利。这些表态从字面上讲确实很精彩,令人欣慰,使人听后能增强信心,充满期盼。不过,也会有一些听众持"听其言、观其行"的态度。因为他们有过这样的经验，先前曾有过这种事例，也是身居要职的主要领导，在台上讲要勤政为民、惩治腐败，可到台下却以权谋私、贪污受贿。所以他们听后有这样那样的一些想法、顾虑是可以理解的。我认为，这种表态亮相活动，毕竟是个序幕，是一个演员登台演出的开始，真正的功夫应该在前边，而戏的高潮在后边。功夫在前边是指：其一，新官上任之前应该做的基础性工作，或者叫思想准备，就是要用党的基本理论、党纪国法、宗旨信念等认真武装一下头脑，净化一下思想，解决一下立场、观点、方法问题，这是非常重要和非常必要的。其二，是上任时要先学会做人，把做人的根基打好。常言说：当官是一时一地的事，做人是一生一世的事。只有靠人品做官，以品德立足，靠道德、靠做人的准则来约束自己，脑子里有高尚无私的境界，做起事来才会坦然、磊落、实在。其三，是用才干、用行动去带动人，以身作则，率先垂范，深入基层，深入实际，深入群众，认认真真，脚踏实地，说实话、办实事，这样才能赢得人心，这是最有说服力的。其四，在工作过程中，要严格要求自己，自觉接受监督，经常听取不同意见，保持清醒的头脑，学一学一位有识之士的"三问"：入党为什么？为民干什么？于世留什么？以此来时刻提醒自己。要知道任何人都要有约束，再大的干部如果离开约束也会走向极端。

## 幸福是一种感觉

我有几位老朋友,都是经历过解放前后生活的人,如今都已"告老身退",在家过赋闲生活。每当茶余饭后在一起相聚聊天时,都会谈及对现实生活的感受,大家会不约而同地说,现在生活真幸福。有的说:过去每月工资几十元、一百多元,现在几千元,吃的、住的、穿的、用的都比过去好了,日子越过越幸福。有的说:退休后正赶上改革开放的好时代,经济发展了,国家强大了,生活富裕了,让我们这些饱经沧桑的老人,也享受到改革开放的成果,真是太幸福了。我自己也有深刻体会:解放前贫困交加,度日如年;解放后,参加了工作,摆脱了贫困,生活步步提高。改革开放以来,变化更加明显,收入增加了,生活改善了,在衣食住行等许多方面都发生了显著变化。享受到新生活,看到了新变化,心情非常愉快,深深感受到幸福的滋味。有时候外出参观旅游时,看到全国各地的新发展、新变化,心情特别激动。

幸福是每个人都向往的事,追求幸福是人的天性。究竟什么是幸福,没有统一的标准,但每个人心里却有个标准,他们是用自己的直接感受来衡量的。

有的认为,过去艰难度日,现在生活比过去好就是幸福。有的认为,有饭吃、有衣穿、有房住、有钱花就叫幸福。有的认为,能当官,手中有权是幸福。有的认为,能找一个称心如意的伴侣就是幸福。有的认为,帮人解困,助人为乐为幸福。如此等等。其实幸福就是一种感觉,一种满足感。

在现实生活中,不少人有这样的体会:幸福不在于你拥有多少,而看你心中是否知足。有的人,拥有一颗平常心,在看待生活、看待境遇时,不忘最初的起点,与过去相比,觉得条件改善了,感到很愉快,很欣慰,就会找到幸福的感觉。可有的人,生活条件很优越,在衣食住行等许多方面不仅比过去好,而且也比一般人好。但他却找不到愉快、幸福,心里总是闷闷不乐,郁郁寡欢。究其原因,大多是因为欲望太多,期望值过高,心里不知足。不知足就乐不起来,找不到幸福。我想,寻找幸福的感觉,最重要的是调整好心态,要淡泊名利,恬淡寡欲。遇事想开点,视野开阔,胸襟坦荡。拿得起,放得下,该放弃时就放弃,这样就会找到幸福的感觉。

寻找幸福的感觉,对于老年人来说,非常重要。因为,今天的幸福是他们含辛茹苦、奋斗一辈子才实现的。现在他们"功成身退"、"告老还乡",从岗位上退下来了,看到了国家的强大,科学技术的发展,生活水平的提高,过上了温馨幸福的生活,这是他们梦寐以求的事,在颐养天年时,从内心深处,找到了幸福的感觉。有个愉快的心情,会使他们延缓衰老,健康长寿。

寻找幸福的感觉,对每个人都很重要。找到了幸福的感觉,会知足常乐,心存感激,心怀感恩,更加热爱党,热爱我们的国家,热爱我们的社会制度;更加积极地投身于事业,干好本职工作;更加珍惜今天,憧憬未来,为更加美好的明天而努力。

## 学会赏识孩子

在竞争激烈的年代,做父母的积极地帮助孩子,培养教育孩子,使其健康成长,确实非常重要。但是,现在突出的问题是,有不少家长对孩子要求过高,望子成龙、望女成凤,恨铁不成钢,急于求成,达不到他们所想要的目标时就急躁起来,发脾气,对孩子批评指责过多。动不动指责他们这也不行,那也不行,好多孩子在抱怨声中生活,精神压力很大。有的家长对孩子一天数落好多次,弄得孩子无所适从,失去学习的信心。

要知道,培养教育孩子是一门学问,有一个循序渐进、潜移默化的过程。不能急于求成,不能单凭主观愿望,不能单靠施压的方法,要有良好的、科学的教育方法。我觉得,不管家长还是老师,都应该在培养孩子的学习习惯和学习兴趣上下工夫。应该采取赏识教育的方法,就是在学习过程中,善于发现孩子的优点、亮点、闪光点,一点一滴的进步,并及时地发自内心地去赞美他、鼓励他,对他的进步、成绩给予肯定,这样可以促使孩子形成良好的习惯和性格。否则,孩子的进步、亮点就会自生自灭,自动消失。因为,有时候孩子本能地做了一些好事,经你一鼓励、一称赞、一夸奖,就会在他幼小的心灵里留下深刻的印象,给点阳光就灿烂,他就会继续做下去。应该想到,孩子对某一问题、某一学科的兴趣,也就是在这一次次鼓励中得以形成、发展的。

从心理学的角度说,人性中最强烈的、最本质的需求就是渴望得到赏识,用老百姓的话说,就是渴望被人看得起。人的精神生命,最不可缺少的营养就是被人赏识,被人看得起。再小的孩子也和大人一样,有自尊心,希望得到别人的赏识。赏识是人精神生命中的阳光、空气、水分。做父母的最重要的是要经常了解孩子心里在想什么,经常对孩子说一些"你真棒"、"你能行"等鼓励性的话,使孩子能够找到"我能行"的感觉。

赏识孩子,要长期坚持、持之以恒,坚持正面教育,多关心、多肯定、多理解孩子的良好行为。对他取得的每一点成绩、进步,都应及时地给予适当的鼓励。

赏识孩子,要细心、耐心,表扬实事求是,鼓励实在自然。

赏识孩子,要与孩子平等交流,采取启发诱导、轻松愉快的方式,仿佛你是他的朋友,不是家长,使他心里放开,充分释放,不要以家长自居,居高临下。

赏识孩子,也要及时、巧妙地指出他的缺点、错误,如在语气上可说"这一点是不是改进一下","你这一点改得很好","你真勇敢,好样的"等。切忌在批评他时说别人如何好,你不如他等,那样就会伤他的自尊心、自信心。对某些比较严重的缺点、错误以及不良的学习习惯和学习兴趣,在指出时应适当地启发诱导他,指出哪些是对的,哪些是错误的、有害的,哪些应该做,哪些不该做。有时候可以采取个别谈话、提醒的方式,保护他的自尊心,让他感觉到你的善意。切不可采取不分场合、行为武断的方式,更不可采取动手动脚、训斥、羞辱的方式。当众揭短是最不可取的。

## 学会珍惜

人们在日常生活中,因为不知道珍惜、爱护,造成许许多多无法挽回的损失,留下许许多多的遗憾、后悔、惋惜。

珍惜对每一个人都很重要。因为许多人都有过十分可惜的失去,在拥有时不知道珍惜,失去时才追悔莫及。譬如,有的生活条件优越,学习环境很好,却因主观努力不够,学习成绩不佳;有的工作单位不错,却没有把工作做好,经常迟到、早退、完不成任务,因而失掉了工作;有的知识渊博,才华横溢,却没有施展出来;有的地位显赫,权力很大,却走入邪道,把劲儿用到贪财、贪色上去了,落得身败名裂;有的知识能力俱佳,却嫌"纱帽"小,贪污买官,落得鸡飞蛋打,丢掉老本;有的家庭条件舒适,却因琐碎小事经常吵闹,日子过得不愉快、不舒心、不和谐;有的收入丰厚,却因山吃海喝、饮食不科学,弄得疾病缠身;有的夫妇二人生活呆板,不会施爱,日常生活平淡如水;有的婚姻美满、郎才女貌,却因互相找不到感觉,最终各奔东西;有的漠视法规、触犯禁令,硬要酒后开车,造成车毁人亡;等等。

造成上述结局的原因是多方面的,除极少数是明知故犯,我行我素、顶风违纪、抱有侥幸思想外,绝大多数是认识问题,不知道珍惜,不会珍惜,对失去的危害认识不足。拥有时习以为常,不以为然。直到失去时才恍然大悟,追悔不已。你看,有的在失去时悔恨交加,痛哭流涕,要求从轻处理,再给一次机会;有的失去工作时才着急起来,到处去找工作;有的拥有时觉得对方有很多不称心如意的地方,失去时才认识到他有很多好处,追忆他快乐的往事;有的得到时不知道倾情,失去时才悔不当初。人生有些事就是这样,错过一时,就错过一世。我认为,与其看着失去的痛苦,想着失去的那份美丽,还不如在拥有时好好用心去珍惜它、呵护它、善待它。

　　失去的永远是美丽的。我觉得,每一个人都应该学会珍惜。学会珍惜是一门学问,善于珍惜是一种智慧,懂得珍惜是一种境界。要努力把这门知识学好用好。在失去时把它当成一面镜子,把教训、遗憾当成财富,把失误当成一服良药,从失去里看到拥有的价值和得到它的宝贵,妥善地做好转弯工作,汲取教训。牢记人生一步错,珍惜曾经拥有过。

# 学几手应对问题的方法

在人生旅途中,不可能一帆风顺、事事如意,经常遇到这样或那样的问题,产生烦恼、苦闷、困惑是常有的事。有些问题,对人的情绪影响很大,诸如怀才不遇、下岗失业、考试落榜、竞争失利、遭遇疾病、突遇灾害、经济上遭受损失、工作上出现差错、离婚失恋、被盗失窃、人际关系上发生矛盾等。这些都是许多人遇到过的。解决这类问题,的确需要具有一定的能力。我觉得采取以下方法,可能有助于问题的解决。

一是客观地认识问题。客观地认识问题是有效应对问题的前提。因为看问题有各种各样的角度,不同的视角,会有不同的看法。"横看成岭侧成峰,远近高低各不同。"心中有成见,眼中看东西就会改变形象。戴着有色眼镜看人,就会是另一种颜色。因此,在认识问题时,应该全面地、客观地看。有时候为了弄清情况,客观地站在对方的立场上以及旁观者的角度上看一下,是很有必要的。客观地看问题,可以使自己立于主动,超脱偏见,避免匆忙。问题看准了,就为解决问题打下坚实的基础。切忌偏听偏信、主管武断、急躁匆忙、小题大做或大题小做。

二是控制好自己的情绪。人们在遇到问题时，特别是遇到某些重大问题时，往往情绪容易激动，产生痛苦、悲伤、愤怒或者郁闷。这时候，最重要的是首先要控制好自己的情绪，先冷静一时，忍耐一下，不要急于发作。心里有想不通的事，可以与别人交谈一下。譬如向同事、亲友、专业人员甚至向当事人直接表达。在表达自己的看法、意见时要理性一些，克制一点，不要说过激的话，甚至辱骂的话。要实事求是，以理服人，不要夸大其辞。常言说：当事者迷，旁观者清。有时候向别人宣泄一下心中的烦恼，不仅能缓解情绪，而且，求助于高手指点，有利于问题的解决。有时，如能控制好情绪，把握好时机，直接与当事人交谈沟通，可能会使问题解决得更快、更好一些。

三是善于求助于人。一个人在一生中遇到的问题，有许多是自己难以解决的，有些事必须求助于人。包括虚心向别人求教，征求别人的意见，听取别人的忠告，借助别人的经验、办法，学习别人的知识和思维方式等。必要时还要恳请别人亲自帮助解决，这些也是人之常情。在日常生活中，人们相互之间的帮助，助人为乐的事，是常见的、难免的。在求助别人时，既要积极主动，又要果敢。切忌怯弱、退缩、虚荣、自卑。

四是培养应对问题的能力。事物永远是向前发展的，生活永远是变化的，问题也是不断出现的。但是，问题的发生是千差万别的，不会是简单的重复。因此，在认识、应对某一问题时，不能用老模式、老一套的办法，应该用发展的眼光看待问题，以时间、地点、条件为转移，具体问题具体分析。培养应对问题和解决问题的能力，除了提高认识问题、判断问题的能力外，最重要的是要培养自己的协调能力、适应能力、公关能力。要能大能小，能上能下，拿得起放得下。还要有决断能力，看准方向，把握时机，当机立断。有些问题，往往有多种解决方法，可以一题多解，尽可能多提一些解决办法，不要只盯在一个目标上。有时候为了求得问题的解决，可以在不影响大局的情况下，做一些退让妥协，要知道无论什么事都会有得有失、有进有退，要有胸怀、有度量，看得远一点。那句"小不忍则乱大谋"的古训，或许会给我们一些启示。

## 一件梦想成真的往事

人们对十分向往的事,往往会在梦里出现。我是在解放初大解放的洪流中步入革命征程的。对摆脱贫困、投身革命心怀感激,深感荣幸可贵。对共产党、毛主席心怀感恩。在长期的工作过程中,无数次从广播里、报纸上、书本里,听到、看到毛主席、周总理等老一代革命家、领导人在中南海、天安门、人民大会堂里运筹帷幄,指点江山,发号召、作指示、作报告等,深感鼓舞振奋,觉得中南海、天安门、人民大会堂这些地方,是个伟大、崇高、神圣的地方,心里一直很向往,产生无尽的遐想。想着什么时候能亲自到这些地方看一看,那才幸福呢!可有时又想,这些地方不是一般人能去的,只有当上人民英雄或劳动模范才有可能、才有机会,我一个普通干部,哪有这种机会?

改革开放以来,我终于有了这种机会。那是1981年,我去北京办事,听说毛主席过去办公的地方——丰泽园、菊香书屋对外开放,遇此良机,十分欣慰,我与其他一行几人,怀着崇敬的心情,走进中南海,详细地参观一次。看着毛主席他老人家住过的房屋、睡过的床、看过的书籍以及曾经穿过的打补丁的睡衣、皮鞋等，心里十分感动。原来那么伟大的领袖竟然和普通人一样，过着俭朴的生活，有着普通人的生活习惯，使用普通的生活用品，穿那样普通的衣服。这样的深刻印象一直留在我心中。

后来，在北京又遇到一次到人民大会堂参观的机会，是买票进去的。从走近大会堂，到走进大会堂，我心潮起伏，全神贯注，从楼上到楼下，顺着座位间的人行道缓慢走过，又到湖南、江西等部分省市的会议厅参观，再到可供五千多人使用的餐厅等处看了一遍。看着雄伟壮观的建筑，想着在这里开会、议事以及接见时的庄严隆重场面，我激动不已。心想，怪不得中外许多人对它十分仰慕，赞叹不已，它确实是一项伟大的建筑工程，是中国人民的骄傲。

2006年，我又一次去北京，在参观故宫时，顺便到天安门那里问能不能到天安门城楼上去参观一下，那里的工作人员非常热情地说："老同志，可以去参观，请到那边去买票。"我说我有离休证，怎么个买法儿，他们说，有离休证不用买票，免费。我顺着他们指引的路线，与其他人一起，走近天安门，沿着毛主席等领导人曾经走过的台阶拾级而上，登上天安门城楼，感到无比荣幸、自豪。我在城楼上反复看了几遍，在毛主席、周总理等领导人过去挥手检阅的地方，站了又站，看了又看，摸了又摸，凭栏远眺，心情无比激动，深感兴奋喜悦。为了留住这美好的时刻，我用随身携带的相机，拍摄了许多精彩的镜头。那时刻，真是幸福极了。心想，我终于圆了多年的梦想，实现了宿愿。在参观结束时，仍久久不想离去。

回顾这梦想成真的往事，十分感慨，感到非常幸运、幸福，历史给我这么好的机会，让我赶上了好时代。如今又看到改革开放以来的新发展、新变化、新胜利、新成就，享受到改革开放的成果，真是太幸福了。我会更加充满期待，珍惜今天，憧憬明天。

## 珍惜机遇

现在有不少人爱谈抓住机遇,改变自己。究竟什么是机遇?机遇在哪里?怎样才能抓住机遇?我想,这是个既悠久又现实且长远的问题。实际上是个广泛存在于人们日常生活中的细节问题。古今中外,概莫能外。你看,一个人从走入社会开始从事生产、生活、工作、学习等各项活动,就面临着上学、升学、求职、就业、恋爱、结婚、成家立业、投资、理财等许多具体事要做。生活中有许多细节,机会就存在于细节中。不过,机会总是青睐有思想准备的人,如果你没有思想准备,你就发现不了机会,发现了也可能抓不住机会,贻误时机,让机会从你身边擦肩而过。做好思想准备,最重要的是要学好知识,学会一技之长,提高自身素质。因为,只有当你掌握了一定知识、技能、本领的时候,机会才会多,路子才会广,适应能力才会强。

机遇的确很宝贵,对于寻找各种机会的人来说,机会是通向成功之路、实现美丽的梦想、到达理想境界的交通工具。抓住机遇,搭上这趟车,坐上这条船,就有可能一路顺风,到达胜利的彼岸。

但是，一次机遇并非万事大吉，在以后的历程中，再不会遇到艰难、曲折、坎坷、磨难了。实际上，任何人、任何事都不可能是一帆风顺的，都不是一次完成的。这次的机会抓住了，新的机会又在考验着你。可以说，人的一生都充满着选择、考验和机遇。

抓机遇需要有悟性、有智慧、有胆识、有勇气，既不能自卑退缩，也不能好高骛远，要实事求是，从实际出发。有时候，机会难得，客观条件不错，即使与自己的专业不对口，爱好不同，也不要放过，要放眼未来，勇于实践，胸怀理想，脚踏实地，可以先就业再择业，在实践中锻炼提高自己。实践出真知、出经验、出智慧，多经历一些，可能对自己的一生都有好处。抓机遇主要靠自己的努力，在抓之前，要深思熟虑，细致观察，仔细考证，积极充实自己，做好知识、技能等多方面的准备。在抓机遇的过程中，把握时机，抓准、抓紧、抓实。在抓住之后，还要继续努力，珍惜来之不易的机遇，进一步完善、巩固、提高，要创造性地开展工作，努力做出成效。即使在这样的情况下，也不能放松努力，因为，放眼未来还有新的机遇、选择摆在你的面前，还要向更高的目标前进。所以，多留心细节，就会拥有机遇。

## 最宝贵的是坚强

最近,我从广播、电视中不断收听、收看到关于全民创业的故事,一大批普通的工人、农民,甚至是肢体残缺的人,在创业过程中,硬是靠自己的执着精神、顽强的努力,勇于吃苦,敢于拼搏,不怕挫折、失败,不畏艰难险阻,几经曲折,终于取得了辉煌的成就,创出了惊人的业绩。一个个生动的事例,使我深受感动,也给我许多启示。你看,他们中有的是在下岗失业后不失志、不落魄,从不起眼的小事做起,从搞种植、养殖开始,长期坚持,执着追求,最终发展成为大事业;有的是从小作坊起家,经过几年、十几年、几十年的艰苦努力,逐步发展成在全市、全省,乃至全国闻名的名优大企业、大工厂;有的是从外出打工中受到启发,学到经验后回乡筹集资金,组建起工厂、企业。可谁能想到,他们有的当初身处逆境,遭遇困难时,真可谓"山穷水尽",但是,几经努力,最终"柳暗花明"。

我想,人的一生不可能一帆风顺,由于种种原因,在人生的旅途上,很可能遇到这样或那样的坎坷、磨难、困苦。诸如经济上的损失,生活上的困难,突如其来的灾害,家庭遭遇不幸以及在婚姻上的失恋、离婚、丧偶等。当然上述情况不一定每个人都会遇到,也不可能各种逆境都降临到某一个人的身上,但是,在日常生活中,各种各样的不如意的事、失意的事,是经常发生的,是难以避免的。

怎样面对逆境呢?许多事实证明,一个人在身处逆境,遇到坎坷、磨难时,最宝贵的是要坚强,要充满自信,要面对现实,要学会面对挫折,要正视自己的不足,相信自己的命运掌握在自己手里。事实上,一切逆境、磨难都有两重性,它可以把原来的生产、生活条件打碎,把原本好好的生活打乱,把人击垮,但它也能激励人、磨炼人、考验人,使人更加成熟,更加坚强。因此,要正确看待逆境,在灾难困苦面前,不要轻易放弃自己的努力,不要用悲观的目光看待事物,有一线希望,就用百倍的努力去争取。

# 学会放弃

生活中有许多多余的东西，成为生活中的累赘、包袱。懂得放弃是明智之举。丢掉多余的东西，会使你更有效地放松心灵，集中精力，轻装前进。

# 丢掉多余的东西

许多人，尤其是老年人，在长期的工作生活中，积累了许多多余的东西，甚至成为一堆废品，可有的人仍舍不得丢掉它，存放在屋子里、床底下、箱子里、柜子里，连储藏室里也塞得满满的。这些杂七杂八的东西，有旧衣物、旧家具、旧玩具、旧书籍，还有早已用不上的锅、碗、瓢、盆等旧灶具。其实，这些旧东西，或者说多余的东西，并不是都不能用了，而是现在"放错了地方"。多余是累赘，缺者则为贵。如果换个地方，换个主人，可能挺有用的，会派上新的用场。

有些人舍不得丢掉多余的东西，可能有多方面的原因，但最主要的还是与其思想观念有关。有些东西舍不得放弃，或许有其来之不易的缘故，可能当年购置时有其特殊的背景来历，或者认为这东西将来还能用。可随着时间的推移，越来越不适用了，过时了，被新的东西代替了。尤其是有些老年人，对某些旧东西一往情深，依依不舍。这主要与其思想观念有关，认为虽然不用，但弃之可惜。因此，久而久之就积累起许多东西。有的在眼皮底下，却习以为常，不以为然。还有的可能放在隐蔽的角落里，早已经被人们遗忘了。

多余的东西,既有物质方面的,也有精神方面的。诸如脱离实际的过高要求,超越现实的空想、妄想,过于计较名誉、地位、待遇,还有闷闷不乐的情绪,动辄爱发火的脾气等,这些都是需要丢弃的。一个人,要想活得自如洒脱,必须丢掉幻想,轻装上阵,必须思想淡泊,知足常乐。

在现实生活中,形势飞速发展,新事物层出不穷,新思维、新观念不断产生,新的生活用品日益增多。舍不得丢掉多余的东西,会给生活带来许多不便。不仅会缩小生活空间,挤占活动场地,而且在日常生活环境里,摆放过多的杂物,也会影响人的视觉、情绪,在精神上也会觉得是一种累赘、包袱。

因此,人们应该学会放弃生活中的累赘,舍得丢掉多余的东西。放弃累赘、丢掉多余的东西,是一种精神解脱,是有智慧、有胆识的行为。既然已经过时,失去了使用价值或收藏价值,就应该"清仓盘点"一下,分情况进行处理,该丢掉的就丢掉。尤其是老年人更应该学会放弃。因为,老年人一辈子艰苦朴素,勤俭节约,对多余的东西,往往舍不得放弃,那些旧事、旧物、旧观念装得太多,占得太满,会成为老人沉重的包袱,整天压得你喘不过气来,神情忧郁,步履蹒跚。

在放弃累赘、丢掉多余的东西方面,我有过一些体会,有过从依依不舍、弃之可惜,到主动放弃、积极清理的过程。在过了几年单身生活之后,面对触景生情的旧物,心情不畅,即使搬进新房仍不能愉快生活。于是,我清洗记忆中的烦恼往事,憧憬未来的美好,并将多余的旧衣被、旧家具以及其他旧东西,捐赠给有用的人,让它继续发挥作用;将有使用价值、精装的图书捐赠给图书馆;将实在没有使用价值的东西当破烂处理给废旧品回收站。这样一来,换来了好的心情,使旧物各得其所,物尽其用。丢掉了多余,放弃了累赘。同时,感到做了一件力所能及、助人为乐的善事,心里感到轻松愉快。

我觉得,懂得放弃是聪明,学会舍得是智慧,丢掉多余的东西,是一种精神解脱,既陶冶了情操,也愉悦了身心。

# 好"抬杠"有害人际关系

有的人脾气古怪、倔犟、争强好胜，在与人相处中，往往因一些小事，与人争得脸红脖子粗，弄得人际关系相当紧张，本来友好相处、团结和谐的同事、朋友或邻里关系，却因为"抬杠"弄得不欢而散，产生隔阂。

"抬杠"是故意找碴儿，闹别扭。它与理论研讨、学术争论或政治学习、研究工作时为了统一思想、提高认识、发动大家畅所欲言、各抒己见是不同的。理论研究、学术争论是建立在实事求是、以理服人的基础上，而"抬杠"，纯粹是为了"打别"，你说东他偏说西，你说是他偏说非，是一种不正常的心理表现。

"抬杠"纯属无稽之谈，无聊行为。它给人带来的危害是可想而知的。有时候，有的人本来出于好意，对方却恶语伤人。这里有几件"抬杠""打别"的实例可供人借鉴。一件是，有位老人劝一位年轻人说"你把烟断了吧，吸烟有害健康，掏钱买罪受……"这位年轻人当即反击说："多管闲事，我花你的钱啦？我身体好坏与你有啥关系……"说得这位老人倒噎一口气，无趣而归。另一件是，某地有一位老人与一位青年人下棋，年长者是一位领导干部，年轻人是一位刚参

加工作的青年,两人发生争执,年长者说"这叫车(jū 音居)",年轻人说:"这明明是车(chē 音车)为什么叫车(居)呢?"两人越争越激烈,谁也说服不了谁,最后年长者将这位青年严厉训斥一顿,让他滚开,而年轻人心里不服,愤然离去。

我想,对待"抬杠"、"打别"这类事,应该有一个清醒的认识,尤其是好"抬杠"、"打别"的人,应该认识到人际关系的重要性,与人"抬杠"、"打别",造成的后果是伤了和气,失了人缘,即使你"胜利"了,又怎么样呢?可能被你伤害的人,心里的创伤却无法消除。我觉得,我国是历史悠久的文明古国,讲文明、有礼貌、知荣辱、懂道德是我们的光荣传统,应该讲究社会公德、做人的美德,在待人处事、与人交往中,要与人为善,说话和气,不应恶语伤人。往往看似简单的几句话,用好了可以增进相互间的沟通和友谊,用不好就会伤人,莫忘"好话一句三冬暖,恶语伤人六月寒"的古训。

# 坏脾气是一大公害

　　坏脾气的含义，人所共知，就是人在不愉快时产生的不良情绪。这样的事在不少人身上都发生过。有些人遇到烦恼时，心烦意乱、失去理智、失言失态、大发雷霆、咆哮愤怒甚至乱摔东西、发生斗殴等。这种坏脾气在某些人身上曾多次发生或经常发生，甚至成为一种习惯、顽症。这些坏脾气不管发生在哪里，不管什么原因，都会产生不良影响，造成危害，甚至产生严重恶果。譬如：在某些家庭的某个成员身上发生，必然会影响亲人们的情绪，影响家庭的正常生活。如果发生在某些单位的某个人身上，必然会在某些人之间产生隔阂，影响团结。如果在同志之间、夫妻之间、亲朋好友之间发生此类事，肯定会影响相互间的关系，造成不快。因此，可以说，坏脾气是人际关系的一大公害。

　　坏脾气不论对自己还是对别人都是有害的。据心理学家研究认为，生气、愤怒是一种不良情绪，愤怒会造成内分泌紊乱，导致高血压、溃疡、失眠等。愤怒是人体中的一种心理病毒。愤怒时会耗费人体大量精力，经常产生愤怒会引起神经内分泌紊乱，引起人体一连串生理变化，进而导致重病缠身。一句话，坏脾气严重伤害身体。

家庭是由若干成员组成的整体，机关单位是由许多人组成的社会群体。每个人、每个成员都有自己独立的性格、思想、爱好、情感活动，大家生活在一起，必然会互相影响。人与人之间，由于思想观念、思维方式、文化素质、人生阅历等方面的不同，存在这样那样的差异是难免的，相互之间出现这样那样的矛盾也是必然的。同时，在与客观世界接触中，人的思想、情感也是不断变化的。由于思想认识上的不同，切身利益各异，人与人之间发生一些争执也是正常的。但是，有时候，有些人因为判断失误，或抱有成见，或追逐名利而愤怒，使坏脾气，实在是不应该的。

为什么会愤怒、发火、使坏脾气，原因很多，有判断失误的，有怀有成见借机发泄的，有偏听偏信被人调唆的，有借机出气的等。我想，不管什么原因，都是不应该、不理智、不冷静的表现。其危害是不言而喻的。好多人事后都感到后悔，悔恨当初的言行。

如何防止和改掉坏脾气呢？一般来说，爱愤怒、使坏脾气的人，都有自我感觉，同时，经常与他接触的家人、同事或朋友，也都会有所察觉。我想，只要自己下决心，家人、同事、朋友热情帮助，不良情绪是可以防止和改掉的。一是自己克制，就是每当将要产生愤怒、使坏脾气时，先克制一下，想一想"小不忍则乱大谋"的古训，学一学"宰相肚里能撑船"的气度，可能会起一些作用。二是被坏脾气刺伤的人，暂时忍让一下，不要急于反驳，可采取宽容、忍让、谅解的态度，忍一时海阔天空，退一步柳暗花明，你急我不急，事后讲道理。三是告诉亲朋好友，给爱发火、使坏脾气的人泼点冷水，给点暗示、提醒，也可起到消气、灭火的作用。

# 老了比什么

在日常生活中,有的人喜欢与别人攀比,爱与和自己经历、学历相似,但职位待遇比自己高的人相比。还有的是与别人比享受、比住房、比坐车等。比的结果是自己想不通,越比越生气,看着这也不顺眼,那也不如意,有的还会讲几句难听话,甚至比出病来。

我认为,比,并非坏事。从某种意义上说,人生奋斗的过程,就是不断与别人相比的过程。有比较才有鉴别,从比中可以观察到思想境界的高与低,学识修养的优与劣,工作作风、产品质量等许多方面的好与坏,有利于激励竞争。在工作、生产、学习上比,能够使人找到差距,激励进取,推动你追我赶,迎头赶上,这是一件好事。在生活上比科学养生、合理膳食、勤俭持家、精明理财,能比出身心健康、好的家风。在道德风尚上比孝敬父母、尊敬长者、帮人解困、助人为乐,能比出好品德、好风格。这些比都是积极向上的,是非常必要的,会越比人格越高、社会风气越好,越比家庭、社会越和谐,人际关系越好。至于与某些人比待遇、比享受,大可不必。因为,各人的情况虽有相似之处,但由于种种原

因，所处的单位、具体的经历、机遇的不同和时间、地点、条件的差异，待遇不同是难免的。尤其在改革开放的年代，人们的价值观念发生很大变化，从事的职业、岗位千差万别，各人有各人的爱好、追求、打算，收入不一样，消费观念也不一样。这样，就会在住房、坐车、购物等方面存在差别，甚至有很大差别。面对这些现实，应该客观地看待。事实上，现在在某些方面，确实还存在一些不平等、不合理、不尽如人意的地方。但我相信，随着形势的发展，在前进中许多问题会逐渐被人认识和得到解决。遇到想不通、看不惯的事时，最好学会劝说自己，想开一点。后退一步天地宽，忍一时柳暗花明。人贵淡泊，只有淡泊名利才能放松心灵，享受人生。

老了比什么呢？我觉得现在国家强大了，经济发展了，收入增加了，生活水平提高了，富而思乐，颐养天年，应该比心态、比健康、比爱好、比乐趣、比科学养生、比合理膳食、比家庭和谐、比夫妻恩爱、比老有所为、比老有所乐、比发挥余热、比新的贡献。应该知道，心态好是幸福的源泉，宽阔的胸怀是快乐的根本，心态好就会少生病。有一颗平常心，有一个好身体，比什么都重要，健康是个宝，啥都比不了。老年人过好晚年，最重要的是精神状态要好，兴趣要广泛，生活要充实，谈笑风生，安享晚年。因此可以说，若要比的话，就比积极的，比进步的。从这些方面比，会越比越欣慰、越比身心越好、越比积极性越高、越比越温馨幸福。还有个比法，就是退一步比，与过去比，与不如自己的人比，与为革命牺牲的老同志比，这样比，也会激发起积极向上的情绪，会使你产生知足感、幸运感、幸福感。

我觉得，现在恰逢盛世，赶上了好时代，应该积极寻找快乐，知足常乐，消除烦恼，抓紧享福，把每一个今天都过好。

# 日子好了怎么过

　　我有几位挚友,都是经历过解放前后的人,有过酸甜苦辣、喜怒哀乐的经历,可谓阅历丰富。相聚聊天时,经常谈到对生活的各种不同感受。对解放前的坎坷、磨难都印象深刻,记忆犹新。对解放初那一段岁月非常怀念。因为那个时候,大家都处在风华正茂时期,对新生活充满期盼、向往、追求,也就是在那个时候,相继参加了工作,投入到解放的洪流中。经过几十年的斗争、考验、磨炼,如今都已"告老身退"。谈到对改革开放以来的感受,无不笑容满面,激情满怀,普遍认为:我们是幸运者,赶上了好时代,过上了好日子,享受到改革开放的成果,看到了我们国家的强大,各项事业的发展变化,人民群众生活水平的提高,感到非常幸福,非常欣慰。

　　在交流对现在生活的看法时,大家说,现在发展很快,变化很大,物质丰富了,传播信息的渠道很多,生活中的诱惑也很多,生活方式多种多样,选择的余地也很大,弄得不知道好日子怎么过了。有的说,以前过穷日子时,发自内心的要求是吃饱肚子,只要每天有一顿饱饭就满足了。过去穿的大多是"黑、蓝、灰",没有太多的花色,没有过多的选择。往往是几个人住一间房,或者几代人住十几平方米、二十多平方米的小平房。那时,一家人有一辆自行车就算不错了,谁家有"三转一响"(即手表、缝纫机、自行车和收音机)就算是很富足了。在日常生活用品上,粮油供应,穿衣用布都是一样的标准,大家习以为常,不觉得有什么特别异常的感觉。而且还有一种"这比旧社会好多了"的感觉。现在不同了,收入普遍增加,生活普遍得到改善,而且有相当一部分人在吃、穿、住、行等方面变化更为显著。有的吃着白面,又想吃黑面、杂粮了。吃肉时又想变变口味吃野菜。住上楼房了,又在风景好的地方买一处别墅。你骑上摩托,我买一辆豪华轿车。你穿时尚服装,我穿得更时尚,越少、越薄、越短、越露越好。你工资提高了,我一年能赚十几万、几十万、上千万。你有电话,我有手机。你的手机能接能发,我的手机能照相,能看见人……可就是这样好的新情况、新变化,也有新问题、新矛盾,不少家庭的矛盾多起来了,经常因为一些琐碎小事争吵打闹,甚至造成婚变等,造成好日子过不好、不幸福、不愉快。这是为什么?究其原因,主要是精神上空虚。有些人只注意追求物质上的扩张、占有,而忽视充实精神生活,虽然钱财上是"富翁",而精神上却是"穷汉"。"口袋"里满满的,"脑袋"里却是空的。知识匮乏,境界不高,精神空虚,心态浮躁。

  我认为,穷日子难过的是肚子,好日子难过的是心情。其实好日子不仅仅是物质的,更重要的是精神的。人们不能只注意追求物质上占有多少,还应充实精神生活,充实思想灵魂,没有好的心态,好的精神境界,有再多的财富也感觉不到幸福,反而会产生许多新的压力、困惑和烦恼。因此,要过好现在的好日子,必须加强修养,学习知识,调整心态,增长智慧。培养高尚的情操,良好的道德,树立与人为善、助人为乐、充满爱意、胸怀宽广的作风,不虚荣,不浮躁,不贪婪,懂得尊重、珍惜。只有这样,好日子才能过得安静、和谐、幸福、愉快。

# 善于放弃是智慧

　　人的一生面临许多选择,在青少年时期,正当求学上进阶段,面临怎么上学、上什么学、如何学习等种种选择;到求职就业、参加工作时,面临到哪里去、做什么工作的选择;一旦仕途顺利,担任了某一单位要职,手握重权时,面临的是怎样履行职责,如何用好自己手中权力的选择;到谈婚论嫁年龄段时,面临的是找什么样的对象的选择;生活在当今社会,在日常生活中,还面临着衣食住行和人际交往的选择,像如何吃喝应酬、如何购物消费等,一般来说,这些选择都是必然的、必须的。

　　选择需要有胆识、有勇气、有智慧,因为选择中包含着得与失、成与败、荣与辱。往往是选对了如鱼得水,一路顺风,会事业有成,走向胜利,走向辉煌;选错了会似"盲人骑瞎马",到处碰壁,甚至碰得头破血流。岂不知,选择的同时就有个放弃的问题,放弃是一门学问,是一种智慧,在选择中学会放弃是聪明之举、文明之策。正确的放弃会使你丢掉累赘、烦恼,轻轻松松地做事,潇潇洒洒地做人。

选择多受客观制约,放弃则取决于主观意愿。放弃的关键在于要有自知之明,要知己知彼,要量力而行,要有忍痛割爱的胸怀和胆识。

　　人的欲望无止境,在现实生活中,有一些人争强好胜,什么都想得到,却往往什么也得不到,身体累垮了,心灵亦会遭受创伤。想在各个方面都有所建树,对任何人都是不可能的,得与失需要经过自己的慎重选择,这样,你得到时会心安理得,失去时也会心甘情愿,没有紧张和焦虑,也不会沮丧和失望。

　　放弃是一种智慧,凡事有舍才有得。放弃攀比,放松心灵,过平平常常、自自然然的生活,会感受到淡泊名利、知足常乐的乐趣;放弃空想、妄想,学会面对现实、脚踏实地做事,会感到恬淡寡欲,没有压力,心态轻松,无忧无虑;放弃山吃海喝,学会合理膳食、科学养生,会使人平安和谐、健康长寿;放弃失态愤怒,学会宽容忍让、理智处事,会化解矛盾,消除误会,融洽人际关系;放弃钱欲、权欲,立足廉洁自律,没有心理上的紧张和焦虑,会使人心胸坦荡、洁身自好一身轻;放弃虚荣心,放弃追求表面上的光彩,树立诚恳务实的心态,会使人更加自信,在平淡中彰显高贵;放弃多余的东西,丢掉包袱、累赘,是一种解脱,会使人有效地集中精力,轻装前进。

　　放弃什么取决于人格的变化,高尚的人会放弃庸俗,心灵纯洁的人会放弃低级趣味,心地善良的人会放弃邪恶。放弃累赘、庸俗、低级、邪恶,会使你一生无悔,百年无忧。

# 贪到最后就是贫

最近,从报纸上看到几个以权谋私、贪污受贿的贪官被依法处理的报道,他们犯罪的经过和事实,引起我一些联想和思考。

这几个贪官,尽管贪污受贿的数额、情节不同,但在某些方面有相似之处:一是他们原来都是身居要职、手握重权的领导干部,在掌权之后,放弃主观世界的改造,放松自我约束,背叛了宗旨,忘掉了责任,利用职权,大肆收受贿赂,走上了犯罪道路。二是他们原来都曾经有过艰苦努力,积极工作,有过成功,有过辉煌,获得过荣誉、地位,但是,没有经受住考验,碰到钱欲、情欲时,耐不住诱惑,置党纪国法于不顾,跌入深渊,毁掉了自己。三是他们在以权谋私和贪污受贿时,都心存侥幸、掩耳盗铃、利令智昏、得意忘形,搞权钱交易,钱色交易,相互交织,疯狂贪婪。四是他们都是机关算尽太聪明,其结果必然是身败名裂,获刑入狱,毁掉了自己的荣誉,留下可耻的一页。有的还殃及家庭,祸及妻子、孩子,甚至造成妻离子散。走到这一步,落得这等下场,是他们原来没有想到的,这才是贪到最后就是贫。

上述几个事例的教训很深刻,看后让人既惋惜又痛恨,同时也给许多人以警示,由此,我想到:一个人一生的道路,是自己选择的,命运就掌握在自己手里,走对了会一路欢歌,迎来成功的喜悦,自己辉煌,也给全家带来光彩;走错了会影响自己的一生。往往是该坚持时没有坚持,该放弃时没有放弃,一念之差,走入岔道,毁掉了自己的一生,一失足成千古恨。

一个人的变化是随着自身条件和环境的变化而变化的。在身处困境、艰难爬坡时,可能没有太多的奢望,而随着时间的推移,一旦苦学有成,自身条件发生变化,尤其是碰到机遇进入高层,手中有权的时候,这是需要有约束力的,既要接受组织的约束、党纪国法的约束,更要有自我约束的能力,否则的话,再大的官也会走向极端,走向反面。

一个人在长期的工作、生活过程中,必然会碰到权欲、钱欲、情欲的考验,这是难免的。问题是怎样面对,如何处之。我想只要以品德立足,靠道德做人,靠做人的准则约束自己,心里经常装着理想、信念,时刻不忘党纪国法,不断给自己敲警钟,什么样的考验都会经得住。

人的一生应该有追求、有理想、有信念,有追求生活才有意义。问题是怎么定位,追求什么,怎么追求,需要有充分的思想准备和把握好行为准则。我认为,理想、信念是人的精神支柱。一个人一生有高尚的情操、崇高的理想、远大的目标、执着的追求,并时刻保持清醒头脑,坚持清清白白做官,扎扎实实做事,堂堂正正做人,才能无愧于党、无愧于人民、无愧于家人、无愧于自己走过的历程,这样的一生才有意义。

# 要重视生活中的细节

在日常生活中,不少人都比较重视对大事的关注,对生活中的小事往往忽视,岂不知,细节决定成败,细节影响大局,细节创造奇迹,细节改变命运。许多机遇、幸福、温馨、情感就存在于细节之中。实际上,每一个家庭、机关团体或同志、朋友、夫妻、恋人间的关系都是建立在小小细节之上,存在于点滴之中的。学会重视细节,善于运用细节,会给你的工作、学习、思想、情感、生活、作风等许多方面带来变化。

比如,在部署工作、下达任务时,主动询问一下到基层工作的同志有什么困难,帮助解决一些实际问题,就会使下属更加努力地工作。对长期下基层工作的同志,派人去看望一下,或到其家里看一看,帮助解决一些实际困难,会使他们受到极大的鼓舞。到基层检查指导工作时,在听情况、问经验、看变化、作指示的同时,推心置腹地慰问几句,帮助解决一两件生活方面的问题,往往会使他们深受感动,更加安心工作。

在人际交往中,互相宴请、互赠礼品实属常见,也是人之常情,但是,有时在一起谈谈心,交流一下思想,互相提个醒,帮助解决一些思想困惑和烦恼以及生活中的难题,也会产生积极作用。有时候老同志、老朋友病了,去看望、问候一下,会使其感到温暖,顿觉病情减轻。有时候给远隔千里的老朋友写个信、通个电话,亲切地问候一番,会使对方心情愉快。

在夫妻、恋人之间,为了加深感情,不仅应注意物质上的需求,有时候浪漫的拥抱、甜蜜的一吻、牵手散步、送一束鲜花、买一件心爱的小物品等,都会在加深情感、滋润心灵中起到"保鲜剂""润滑剂"的作用。

在孝敬老人上,给老人买些好吃的、好穿的、时尚生活用品等固然重要,更重要的是满足他们的心理需求,有时候给老人买一条时尚围巾、一双鞋,或是一个剃须刀、按摩器等,他们就非常高兴。有时候工作忙,没时间回家看看,打个电话或写一封信表达一下亲切问候,他们就满足了,而且会长时间夸孩子懂事、想得周到。

在培养教育孩子上,有的家长往往只注意学习的变化、考试成绩的好坏、分数的多少、名次的排列等,对孩子在学习中遇到的困难、问题注意不够。实际上,有时候主动地、平心静气地与孩子交流非常必要,让孩子把心里的想法、压力、困难讲出来,帮他们解决一下,耐心地启发、引导一番,可能会比居高临下、厉声厉色地训教、指责更有效。有时候与孩子一起玩一次游戏、讲一个故事、参加一次有意义的活动,对培养孩子的兴趣、性格、习惯都大有好处。

人生充满细节,细节改变人生。在日常生活中经常留心生活中的小事,注意生活中的细节,善于观察、勤于思考,从细节小事做起,不放弃任何一次小的机会,并且抓住机会,勇于实践,善于表现自己,这对提高生活质量、改善人际关系、提高工作效率等,都有着重要的作用。恰当地运用细节,能改变人的一生。

# 遇事"想开点"

在日常生活中,许多人都可能遇到一些不顺心、不如意的事,并由此产生一些烦恼、苦闷、困惑等不良情绪。我想,在遇到这些情况时,如果能够学会把握自制,采用"想开点"的办法,或许能缓解情绪,消除烦恼,驱除苦闷。

一是想得远一点。有的人,在一次升学考试中落榜或求职时未被录用或参加比赛时失利就灰心丧气,放弃努力。这大可不必。其实,有许多成功者,并不在乎一时一事的得失,他们会从一次或几次失利中找到差距,认识到不足,不放弃每一次机会,会继续努力,再接再厉,为理想的目标努力奋斗,最终取得胜利。

二是看得淡一点。有的人,步入老年后,回顾过去,觉得自己一生平平,官小职微或者无职无权,到"告老身退"时,在许多方面不如别人,自责无能、吃亏。其实,不必自卑。应该安慰自己,欣赏自己,想一想自己虽然没有当上什么"长",但在默默无闻、埋头苦干中,已经做出过许多贡献。在某一具体工作中,某项事业上,或某一方面,已经为国家的进步、社会的发展、家庭的变化、生活的改善等方面,含辛茹苦,流过汗水,付出了许多。在人生的历程上,已经记录着你的功劳。应该感到自豪、安慰才是。

三是想得好一点。有的人,从报纸上看到公布几起依法查处的大案要案,就对我们党的领导、对广大干部队伍产生怀疑、担心、不信任,对国家的前途失去信心,认为"现在到处都是腐败","干部队伍中没几个好人","中国不行了"。其实,他看到的仅是问题的一个方面,加上想当然的推理判断,就产生了悲观失望情绪。岂不知,党中央对惩治腐败已经高度重视,各级领导已经采取措施,司法部门已经加大查处力度。在报刊上公布一些依法查处的案件,是依法治国的进步,是治理腐败的实际行动。查处一个,少一个蛀虫,"沉舟侧畔千帆过,病树前头万木春",只要坚持不懈,不断努力,长期治理,就有希望。应当相信,在党中央的正确领导下,完全有能力治理好腐败问题。

四是想得乐观点。有的人,心情抑郁,总怀疑自己有这病、有那病,一有点身体不适,就思想紧张起来。还有的人,经常为家庭琐事困扰,愁眉苦脸。这其中有许多是精神因素在作怪。其实,只要你坦然一点,心胸开阔一点,心情乐观一点,心态好一点,振作一下精神,坚持有病早治、无病早防,坦然面对,抵抗力就会强一些。愁也一天,乐也一天,为啥不乐观呢?至于家务琐事,家家都有,宜粗不宜细。应该拿得起,放得下,想得开,忍一点,不要被小事所困扰,因小失大。

五是想得实在点。有的人,爱与别人攀比,与和自己的资历、学历、职务相同而工资待遇比自己高的人相比,比的结果是想不通,有意见,认为不合理。其实,应该想到,形成这样的事实,有许多原因。既然已成事实,欲求不能,无法改变,倒不如安于现状,来一个"精神胜利法"。同时,也可以与不如自己的人比一下,可能会觉得,他们还不如自己。这样一比,会有"比上不足,比下有余"、"知足常乐"的感觉。

六是想得活一点。就是在遇到困难时,多想一些办法,许多事情往往一题多解。改变一下思维方式,可能会"柳暗花明"。就拿求职就业来说吧,如果一时找不到理想的职业、合适的位置,也可以抓住机会,先就业再择业,经过一段时间的实践锻炼,不仅能开阔视野、增长知识,而且对今后的工作、生活、前途都会有好处。

七是换个角度想想。就是在遇到与别人发生争执、产生矛盾时,设身处地,站在对方的立场上或者旁观的角度上想一想,看是否有道理。超脱、客观、宽厚、大度,富有同情心,往往使复杂的问题变得简单容易。

八是冷静、理智地想想。就是在生活中遇到困难时,思想受到不良刺激时,先冷静一下,忍耐一下,先退一步想想,怎样处置较为合适,不要急于发作。这样冷静、理智地处理问题,可以避免鲁莽、草率,肯定会有好的结果。

"想开点"是认识和解决问题的辩证法,是待人处事的积极心态,是一种智慧、美德,是有智慧、有修养的表现,也是心胸坦荡、心理健康的表现。学会"想开点",不仅能化解矛盾、清愁解闷,而且能加深人与人之间的理解、情感、友谊、和谐,优化人文环境,增强人格魅力。生活中学会"想开点",会使你拥有快乐,拥有知己,心胸开阔,健康长寿,成为社会、家庭、团体中受人尊敬的长者、知己、朋友。

## 怎样面对挫折

人们在日常生活中都希望一帆风顺，可事情的发展却往往不随人愿，有时甚至非常残酷。我就有过这种经历。一岁多时母亲因病去世，过早地失去母爱，使我童年时期的生活过得很艰难。即将步入花甲时，妻子因车祸去世，让我突然过起孤独凄凉的生活，经受了许多困惑和无奈。

这些挫折和磨难，确实给我带来了许多刺激、伤害、折磨，在精神上产生过孤独、凄凉、寂寞、空虚、失落，加上其他一些琐事的困扰，有时候简直是在苦难中挣扎。

其实挫折也是一种财富，在身处困境、遭遇磨难、生活上给我带来苦恼的同时，也带来了宝贵的考验，考验了我的心理承受能力，锻炼了我的意志，增强了我面对挫折的信心，同时，挫折也给我带来许多启示，我清醒地认识到，必须正确面对，必须坚强地生活下去，不能灰心丧气，不能失魂落魄。因为我还要生活，我还有事业、工作，还有理想、追求，还有儿女孙辈，我必须面向未来，对未来充满信心、充满希望。我觉得我有许多有利条件可以战胜挫折。同志们的热情鼓励，亲朋好友的大力支持与帮助，孩子们的关心与照顾，党和国家给予我的优厚待遇等，我完全有能力、有条件克服困难，使生活逐渐好起来。

我常想，在日常生活中，遇到磨难、挫折的何止我一人，还有许多有过与我同样遭遇的人，甚至比我更严重。他们有许多战胜困难、挫折的经验值得我学习。

回顾我的感受，联系许多相似的事例，我深刻认识到，要战胜挫折，首先要调整好自己的心态，稳定情绪、冷静面对、树立信心，坚强起来，相信命运就掌握在自己手里。面对困难要学会忍耐、自制，相信困难是暂时的，只要坚持努力，一切都会慢慢好起来的，困难终究会被克服。同时，要苦中寻乐，培养爱好，寻找乐趣，树立积极向上的生活态度。要看到自己的优势，认识到自己的不足，充分发挥自己的长处，运用好自己的有利条件，想方设法战胜挫折，使自己尽快走出困境，过上新的生活。

## 追求完美往往留下遗憾

爱美之心人皆有之,追求完美是许多人的愿望。在现实生活中,许多人在求职、就业、升学、考试、谈恋爱、找对象以及追求衣食住行等生活享受方面,都想达到最理想的目标,但其结果往往不随人意。

为什么追求完美,却不能心想事成呢?我想主要有以下原因:

一是思想脱离实际,期望值过高。事实上,世上没有十全十美的事,任何事都是相对的,都是在不断变化的。大文豪苏东坡说过:人有悲欢离合,月有阴晴圆缺,此事古难全。有些事,当时想着它很完美,其实不足的地方你没看到,过一段时间再回头看你就会觉得它并不完善。有的人,乍一看很漂亮,初次接触觉得什么都好,可仔细一看,长时间一接触,又觉得其性格、爱好有很多不足。有些事情,表面上看着很美,尤其是一些产品,包装得让人眼花缭乱,实际一考察、一实践,发现它有许多缺陷。所以说,过分地追求完美、求全责备,只能是梦想、空想,难以实现。

二是认识上片面,行为上一意孤行。追求完美的人,在追求时往往一意孤行,听不进别人的劝告,直到在追求的过程中,发现并非想象中那么理想,空追一场,以失望告终。

三是追求完美的人,往往计较细微末节,行动上变数较多,稍不如意,就会发生变化。有时候到拍板定案时,仍犹豫不决、举棋不定,甚至决定了的事,也会发生改变。

我想,还是古人说得好,"前车之覆,后车之鉴"、"吃一堑,长一智",在追求某一事情时,要实事求是,从实际出发,要冷静一点、理性一点,多一些客观分析,少一些片面理解,适时地把期望值调整好,就会避免产生心理危机,就会避免一些失误和遗憾。

## 走自己的路，让别人说去吧

在现实生活中，有些人喜欢说"闲话"，散布闲言碎语，被人称之为"长舌头"、"闲话篓"。有不少人受到过它的伤害。散布闲言碎语者给许多人工作上、学习上、生活上造成不良影响，甚至带来严重后果。有些"闲话"能把和谐的家庭、恩爱的夫妻说散，能把友好的同志关系、和睦的邻里关系搅乱，使其产生隔阂。

人们对那些叽叽喳喳、嘀嘀咕咕的"闲话"是非常讨厌的。因为"闲话"污染空气、污染环境、污染人际关系，是一种有害的举动。有些"闲话"散布者已经达到成瘾的程度，常常扮演挑拨离间的角色。"闲话"污染之处，不起火也会冒烟。在"闲话"者眼里，上下级之间、新老同志之间、兄弟之间、男女之间、夫妻之间、邻里之间都是他们制造"闲话"的目标。"闲话"是安定团结的一大公害，是社会和谐、家庭和睦的"毒素"。

"闲话"的来源往往是道听途说或捕风捉影，内容本来就不实，加之添油加醋，故意渲染，就难免会污染人际关系，给家庭、社会、正常的人际关系带来危害。

　　"长舌头"者专门在背后琢磨别人,总是在平静的生活里掀起一些风波,扰乱人心的安定,尤其对选贤任能有很大阻碍。这不是光明正大的民主生活,也绝不是正当的群众意见,更不是与人为善、助人为乐的善举,而是地地道道有百害而无一利的社会公害。

　　大凡说"闲话"者都是虚伪的,是在背地里居心叵测,别有用心。有的说"闲话"者,背地说人"闲话"、"拆台"、"踢脚",可表面上,当着面总是满面笑容,满嘴甜蜜。可见这种人心术不正、品行不端。

　　对于闲言碎语,我们要正确面对,泰然处之。一是对"闲话"不理不睬,让谎言不攻自破。二是选择适当的时机予以揭露、戳穿。三是从谎言中、"闲言碎语"里得到启示,引以为戒,谨慎地走自己的路,堂堂正正走正道,走自己的路,休看他人眼色。一位哲人说得好:毁誉从来不可听,是非终究自会明。

# 寻找乐趣

喜欢快乐是人的天性。快乐在生活中无处不在,只要你有智慧的头脑、敏锐的眼睛、平常的心态,就会拥有快乐,远离烦恼。快乐是人生最大的财富。

## 保持童心　终生受益

　　富而思乐、颐养天年是现代许多人的追求。其实,拥有童心,找回童趣,也是精神养生的好办法。因为只有童心不泯,才能青春常在。童心童趣是人们日常生活中最宝贵的东西,可以说是世界上最宝贵的财富。可是,现在有许多人缺少童心童趣,有些人不知道什么是童心童趣,生活很古板,缺少生动活泼的家庭气氛,这实在是一大缺憾。

　　什么是童心呢？童心就是儿童时代的心态、性格、趣味。譬如:儿童有好奇心,好想、好学、好问,爱动脑、爱幻想、爱探索、爱模仿;儿童爱笑、爱乐、无忧无虑;儿童爱交朋友,经常与许多小伙伴在一起玩,玩耍的方法多种多样;儿童对未来充满希望;儿童对不顺心的往事会很快忘掉;等等。

　　老人贵在有童心。拥有童心的老人,性格必然开朗乐观,幽默诙谐;拥有童心的老人,在人们的眼中,就像一个活泼可爱的孩子,大家都愿意接近他;拥有童心的老人,在人际关系上有吸引力,在家庭里有凝聚力,在日常生活中有活力;拥有童心的老人,精神状态显得年轻;拥有童心的老人,生活观念时尚,业余爱好广泛,热心参与各种社会活动,对未来充满希望。有童心、童趣的老人,会给全家带来欢乐、愉快、幸福、和谐。

人人都来自童年,人人都有童心童趣,只是由于年龄的增长、时间的推移,那些非常宝贵、十分可爱的童心、童趣逐渐被淡忘、取代了。

人到老年非常需要童心、童趣,在精神上、心理上需要"返老还童"。若能保持童心,将会减少和化解很多烦恼。为了生活得健康快乐,我觉得,每一位老年人,尤其是从工作岗位上退下来的老人,应该积极主动地去找回童心、童趣,保持童心、童趣,做"年轻型"的老人。不仅从自己身上找,还要从别人身上学,在与老友相约、相聚交谈时交流童心、童趣,还可以多和小朋友一起玩,与青年人多接触,在交往中去感受他们活跃的思维、青春的活力、充沛的精力、活泼的性格。保持童心,终生有益。只有童心未泯,青春才能常驻。拥有童心就拥有世界上最宝贵的财富。

# 从老照片中寻找乐趣

几十年来,我积累了数百张老照片,平时喜欢翻阅,老照片生动、形象、直观,是一批珍贵的历史资料。翻阅老照片,能从中找到温馨的回忆,重温过去生活中的愉快,感受过去曾经拥有过的幸福。

最近,我又重新翻阅了一次老照片,经过认真挑选,按照和谐家庭、儿女童年、祖孙怡情、亲情乐叙、好友相聚、离休生活等顺序,进行了编辑,名曰"从老照片中赏悦人生",大样排定后,交专业影视部门进行了精心设计、艺术处理,印制了一本内容翔实、布局合理、装帧美观的家庭影集,并配有文字说明。印制出来全家人和亲朋好友看后都说好。我心里更是特别高兴,觉得又办了一件很有意义的事。从这件事,我深刻地感悟到:我积累的这些老照片是生活的留影,看到它能重新感受到当年的愉快、幸福、温暖、甜蜜。这些老照片是一段历史,它记录着过去的历程,欣赏它会产生亲切感、自豪感;这些老照片是一面镜子,它记录着永远的微笑,让人每看必乐,深感欣慰;这些老照片是人生的路标,记录着生活的变化,看后觉得今天来之不易,倍加珍

惜;这些老照片是一种成果,尤其是自己亲手拍摄的照片,看着它有一种成就感和满足感。

照片虽老,感觉常新。经常翻阅一下老照片,重温当年的时光,确实是一种美的享受。它既能让人从中寻找到乐趣,激起深情的回忆,又能给人带来欣慰和愉悦,使人精神振奋、备受鼓舞。经常翻阅它,对个人身心健康、家庭和谐都有益处。

## 名人格言是良师益友

　　我喜欢读名人格言。从青年时期、中年时期到老年时期，一生都喜欢读。青年时期，心潮澎湃，热血沸腾，憧憬未来，向往美好，在报纸、刊物、书籍上看到名人格言，觉得很新鲜、很精辟，受到启发、鼓舞，就用彩笔画上标记，或抄录下来，以备随时学习。中年时期，追求事业进步，把名人格言当做座右铭、启示录，记在本子上，放在床头上，压在桌子上，贴在墙壁上，以便随时警示自己、鼓励自己、鞭策自己。老年时期，经过长期的生活实践和坎坷岁月的感悟，在回首往事、缅怀过去时，更体会到名人格言的宝贵、重要。可以说，在我的一生历程中，从名人格言中得到过许多激励、启迪或鞭策，汲取到许多宝贵的精神力量。它引导我明确前进的方向，树立正确的理想信念；它激励我坚定信念，勇往直前，积极工作，埋头苦干，脚踏实地，决不懈怠；它鼓励我刻苦学习，虚心求教，紧跟形势，与时俱进；它警示我认认真真做事，堂堂正正做人，严以律己，宽以待人。名人名言伴我一生成长，许多格言我牢记终生，熟记在心。比如毛泽东的"领导我们事业的核心力量是中国共产党，指导我们思想的理论基础是马克思列宁

主义"、"穷则思变,要干,要革命"、"政策和策略是党的生命"、"世上无难事,只要肯登攀",马克思的"天才出于勤奋",列宁的"忘记过去就意味着背叛",鲁迅的"横眉冷对千夫指,俯首甘为孺子牛",陶铸的"心地无私天地宽",孔子的"择其善者而从之,其不善者而改之",孟子的"天时不如地利,地利不如人和",古训中的"有志者事竟成"、"小不忍则乱大谋",等等。

  名人名言是先人、前人、伟人、哲人、政治家、思想家、理论家、科学家、文学家、艺术家等著名人士的名言警句,是他们在实践中总结出来的宝贵经验,是他们立身处世的体会,是人类的智慧火花,在历史上曾经发挥过巨大的作用,鼓励、启迪、鞭策、警示过许多人,是宝贵的精神财富。在现实生活中仍有着重要的现实意义。譬如,当你在升学、求职、参与各种比赛或竞争中失利时,记住"失败是成功之母"、"锲而不舍,金石可镂"、"有志者事竟成"等名人格言,可能会产生一定的激励和催人奋进的作用;当你身处逆境、遭遇坎坷磨难时,学学"世上无难事,只要肯登攀"、"只有毅力才能使我们成功"和"千磨万击还坚劲,任尔东西南北风"等名言,会使你精神振奋,勇敢地面对困难;当你受到不公正的待遇或被生活欺骗时,记住普希金的"假如生活欺骗了你……相信吧,快乐的日子就会到来的",会使你增强自信;当你与别人发生口角,人际关系紧张时,想一想"忍一时风平浪静,让三分海阔天空",会使紧张的气氛很快缓和下来;当你事业有成,步步高升,获得荣誉时,读一读"满招损,谦受益"、"虚心使人进步,骄傲使人落后"等格言名句,对你进一步的发展会有很大好处。

  名人格言中,蕴含着渊博的知识、丰富的智慧、深刻的哲理、无穷的力量。它言简意赅,耐人寻味,发人深省,给人启迪,只要用心学习,勇于实践,长期坚持,就会终生受益。

# 何以解忧　我有"五手"

人们在遇到烦恼和不顺心时,往往喜欢用喝酒来消愁解闷。我不会喝酒,我的嗜好是读书、写文章、听音乐、找朋友聊天和外出参观旅游等,所以,我的解愁办法是"五个一",即一读解千愁,一写忘掉愁,一乐驱散愁,一聊不见愁,一游不知愁。这"五个一",给我带来了许多欢乐、愉悦,消除了烦恼,提高了生活质量。

一曰一读解千愁。每当我情绪不好、心烦意乱时,就找一些自己喜欢看的书来阅读消遣,如思想杂谈、名人名言、名人传记、历史资料、诗词注释等,还有我平时剪集、摘抄的一些资料。我觉得看这些书能从中学到许多知识,并能得到许多启示。特别是一些性格幽默、知识渊博、智慧过人的名人的传记和一些知识性、趣味性、哲理性强的书籍,对我特别有吸引力,阅读时很投入,往往是学而忘忧不知愁。

二曰一写忘掉愁。有时候,我遇到烦恼时,为了转移情绪,就想办法,选题目写文章。我不会写大块文章,只能在读书看报、听广播看电视时,听到、

看到一些内容新颖、语言精辟、见解独到、富有哲理的好文章好报道时,就随手写一些小感想、小言论、小札记等,或即兴把它摘抄下来,写在我的"锦言慧语"本子里。我离休后,为了使生活过得充实、有意义,先后写了《我最欣慰的往事》、《从老照片中寻找乐趣》、《人生感悟》等数十篇材料,写时心里充满激情,作品写成后品味起来心里很欣慰。有时写起来连吃饭都忘了,愁也就随之忘了。

三曰——乐驱散愁。我喜欢听音乐、戏曲,购买了一套音响设备和许多戏曲、歌曲、乐曲、相声、小品等光盘资料,经常欣赏其中的韵味、旋律,滋润自己的情绪,有时候像举办演唱会一样,连续听,听得如痴如醉,听着优美动听的调子,自己也跟着哼唱起来;看到相声、小品中逗笑的语言、滑稽的动作,自己也乐起来。听音乐很开心,确实能陶冶情操,驱散忧愁。

四曰——聊不见愁。我有一批好朋友,大多是过去在一起工作和学习过的老同志,有的是离休后结识的新朋友,其中有我的老领导、老同事、老同学等,这些老朋友性格开朗、乐观、热情、豁达、幽默风趣。同他们在一起聊天,话题广泛,妙趣横生,是一种美的享受。大家在谈笑中相互交流生活经验、保健知识、烹调技术,还有对形势的看法,读书看报的体会,外出参观旅游的收获、感受等,我从中不仅感受到欢乐、愉快,而且还从大家身上学到许多宝贵的知识和好的品德、作风,我把这些老朋友视为知己、视为精神养生的宝贵财富,把与老朋友相约相聚看做是消愁解闷的驿站。

五曰——游不知愁。我生长在农村,长期在农村工作,对农村的生活习惯、自然风光印象很深。我喜欢看农村的田园景色,喜欢欣赏民风民俗,一看到农村的丰收景象、新建设、新变化、新发展、新面貌,心就醉了。我也喜欢参观名胜古迹,去感受中华民族的悠久历史、伟大创造、历史经典、古老文明。看后感慨万千,由衷地钦佩劳动人民的聪明、智慧、胆识、勇气。我还喜欢到大江、大河、大湖、大海和山川秀美的地方去观光旅游,一看到波澜壮阔的自然景观,顿时全身轻松,心情舒畅,好像年轻了许多,特别是走近海边时,觉得自己真是连沧海一粟也不如。在上述参观活动中,由于被许多美丽的景观所吸引,忙着照相留影,所以乐而忘忧,愁也就消失了。

这"几手"是我消愁解闷的"妙药",根据每个时期的心理需求、一时的兴趣而灵活使用,喜欢做什么就做什么,只要能驱除烦恼、消愁解闷就行。我深刻地体会到,一个人要想使自己的生活过得充实、有意义,应该爱好广泛一些,多学几手,特别是离退休以后,要想办法增添一些爱好,丰富一下生活,不能太单调、太刻板、太孤僻,要经常保持好心情,使身心健康愉悦。

## 交几个老友好处多

  我刚离休时,在生活上、思想上有许多不适应、不习惯。过去是天天往机关里跑,忙着工作、开会、学习,退下来后是天天往集市上跑、到街上转,忙着买菜、操持家务。每天想得比较多的是怎么去玩,到哪里去玩。过去几十年形成的生活节奏,一下子改变了,在心理上产生了新的转折。后来,经过一段时间的磨合以及广泛接触其他一些离退休的同志,逐渐悟出了一些道理,其中,我最欣慰的是找到了一批好朋友。经常与他们相聚在一起聊天、说笑话,玩得很开心,使我对新的生活充满了信心,产生了轻松愉快、乐观向上的情绪。

  人的一生最可贵的是老了有几个好朋友,交几个老友,是老年人的心理需求,是生活的需要,拥有几个好朋友也是一种精神财富。老人交老友是为了充实生活、消除寂寞,寻找新的乐趣,适应新的情况、新的生活节奏。一般来说,老年人从岗位上退下来后,都有一个适应过程,特别是过去担任领导职务的干部,反差很大。过去不论到机关或在家里,都有很多人去找,可谓是门庭若市,退下来后,没人找了,门庭冷落了。这个时候,往往会产生失落感、空虚感。因此，适时调整好心态，积极寻找新的乐趣，主动交几个朋友，是非常必要的。

老年人交老友，大多数都喜欢找性格脾气相投的、爱好趣味相似的，有的是过去在一起工作的老同事、老领导等，有的是因有相同的爱好走到一起的，如一起跳舞、钓鱼、摄影、旅游及学书法、绘画等，也有的老年人喜欢与青少年交朋友。总之，在相互交往中，大家获得了心理愉悦和精神享受。

我有一点体会，在交往的朋友中，虽然职业、地位、经历、年龄、学历、爱好等方面有所不同，但是，经过一段时间的接触、交谈、沟通，逐渐适应了对方，互相尊重谦让，聊得很投机。相聚在一起，气氛轻松，话题广泛，什么都说。有时交流生活经验、保健知识、烹调技术；有时交流对形势的看法，畅谈现在的发展变化；有时交流读书、看报的体会；有时交流外出参观旅游的感受；有时互相请教一些不懂的问题；有时互相帮助排解一些思想苦恼。总之，老友间交谈的话题很轻松、很随便，谈后心里很舒服。在交谈中，给我印象最深的是大家的优点，譬如，有的知识渊博，有才华；有的品德高尚，有人格魅力；有的幽默风趣，爱说爱笑；有的懂得生活知识，熟悉烹调技巧；有的热心养生之道，有丰富的保健知识；有的风度翩翩，气质高雅；有的在人际交往中很有吸引力；有的遇事沉稳、老练、冷静；等等。他们这些优点，对我启发很大。

老年人相互交往中，虽然没有什么具体约定，但是，为了避免产生矛盾，有一些值得注意的问题，比如，要积极主动，诚恳热情；要放下架子，平易近人；要宽容忍让，豁达大度；要气质高雅，幽默风趣；要与人为善，助人为乐；要虚心求教，赏识别人；要文明礼貌，尊重别人；内容要积极，不说消极落后的，不讽刺挖苦别人、说别人的"闲话"。我觉得，离退休后交几个好朋友，经常相聚在一起聊天、谈心，交流感受，说说笑笑，互相开导，对增长知识、开阔视野、消愁解闷、愉悦身心、防止心理衰老等大有好处。

# 品评欣赏　乐在其中

　　离休以来,我与其他几位退休的老同志受约,参与本市广播电台、电视台播出节目的监听、监看活动,具体说来,就是每天收听、收看本市广播电台、电视台播出的节目,在收听、收看节目中,对播出的内容、栏目设置、宣传导向、播出效果等情况进行点评。尤其是对新闻类的节目,还要坚持边听、边看、边记,对好的报道、好的稿件、好的节目主持、好的栏目设置等,随时记录下来。对播出中出现的问题,如读错字、用错字、词语使用不当、成语使用有误、典故使用不妥以及比喻不当、举例不妥、论理不准、画面不雅、张冠李戴、报道失实、重复播出等问题,也都认真做好记录,每到月底进行一次综合归纳、分析点评。在广播电视部门召开的碰头会上进行汇报交流,本着实事求是的态度,对成功的报道予以肯定,选出优秀的稿件,对出现的问题给予指出。同时,有针对性地提出建议和改进意见。

　　监听、监看广播电视节目,是我们离退休后发挥余热的新工作、新任务,参加这项活动大家心里非常高兴,觉得又找到了新的乐趣,在工作中,量力而行,认真负责。弹指一挥间,已经十二年了。十几年来,在每天的收听、收看活动中,确实受益匪浅:一是充实了休闲生活,拉近了与现实生活的距离,找到了发挥余热的地方,看到了自身价值,离而不休,老有所为,心里感到很满足,生活上很充实;二是在收听、收看节目中,了解到许多新情况、新问题、新形势、新任务,学到许多新知识、新观念,耳闻目睹了许多新发展、新变化,生活在浓厚的思想文化气氛中,经常受到改革开放形势的鼓舞、先进事迹的感染、优秀人物的启发、积极向上精神的熏陶,自己的心境也得到了洗礼、滋润;三是在品评、欣赏宣传报道的内容时,给自己提供了一个良好的学习机会,从中学到许多宝贵的知识。特别是在挑选、推荐优秀作品、好的报道时,锻炼了自己的欣赏能力,提高了分析、认识问题的能力;四是在发现差错、指出问题时,往往还需要翻资料、查工具书等,自己从中也受到教育,丰富了语言文字和写作知识;五是在综合归纳、分析点评、提出改进意见和工作建议时,自己已深入其中,进入角色,思想精力很投入。当看到广播、电视事业的新发展时,特别是在新闻报道方面出现新变化时,真是乐在其中,回味无穷。

我深刻地感到,离退休后,如果身体尚好,条件许可,有合适的机会,再做一些力所能及的工作,参加一些有益的社会活动,是大有好处的,不仅能丰富自己的休闲生活,增加新的乐趣,找回自身价值,促进身心健康,而且也能为国家、为社会继续做些新的贡献,实在是一举多得的好事。

## 说笑话使我"十年少"

　　我一生喜欢听笑话、说笑话、搜集笑话。笑话给人带来愉悦,带来开心和谐,与同乡、同学、同事之间缩短了距离、增加了友谊,也带来了身心健康。

　　我所搜集到的笑话,既有《笑林广记》中的笑话,也有与人相处中听到的,更多的是来自民间、同事中、生活中的趣事。有的因讲话打比喻,说方言土语,有趣的人名、地名,或写错字、说错话等引起的,也有的是同事、熟人之间互相开玩笑编造出来的。我有一批"笑话老友",他们有满肚子的笑话,与他们相处交谈,笑声不断,能获得许多笑料。比如,有一位老同志,他的名字叫狗啃,在20世纪50年代,他在乡里担任领导职务。有一天,他通知全乡各大队民兵营长开会,在通知中写着"兹定于明天上午,在乡政府召开民兵营长会议,时间一天,自带干粮一顿"。最后落款是他的名字——狗啃。这是因为通知上"自带干粮一顿"与他的名字"狗啃"的巧合,就成为一个笑话。只要你留心一下,在日常生活中,经常都会听到、遇到许多生动诙谐的笑料。人们会从中得到许多欢笑。许多来自生活实践中的趣味,不用修饰就能让你笑破肚皮,现在,我已搜集到许多笑话段子,记在"新笑话集"里,有的已熟记在心,闲时自看自乐,有时说给朋友们听,引起一阵捧腹大笑,其乐无穷。

我觉得"笑一笑,十年少"是有道理的。笑是心理减压的好办法,能缓解生活和工作的压力,让人获得好心情,有益于身心健康。

说笑话往往与幽默相连,是生活中的调味品、润滑剂,往往笑中有哲理,对日常生活有一定的促进作用。

我喜欢茶余饭后、闲暇之时听人说笑话。说笑话、听笑话时全身心放松,有些笑话让人捧腹捂肚,颇感开心有趣。

人生活在大千世界里,不可能事事如意,家家都有一本难念的经,人人都有一本难读的书,遇到不顺心、不如意的事时,肯定会给自己心理上带来刺激,造成失衡,产生苦恼、困惑,我想,每遇到此境不妨用听笑话、说笑话的办法,或许能帮人消愁解闷,摆脱困境。

说笑话要把握时机,注意场合,审视对象。

# 我为照片配诗歌

过去,我长期在农村工作,生活在基层,那时提倡艰苦奋斗、埋头苦干,号召与农民同吃、同住、同劳动,整天忙于工作,加上收入比较低,根本没时间也没条件外出参观旅游,对祖国的大好河山和各地的名胜古迹,只能从书本上、报纸上和广播里了解一些。心里想外出看看,却无法实现。

改革开放以来,我们国家发生了巨大变化,思想解放了,经济发展了,国家富强了,收入增加了,为全国人民外出观光旅游创造了许多有利的条件,提供了极好的机会,我也是其中的受益者。近几年来,我先后到全国各地参观旅游,确实开阔了眼界,大饱了眼福,增长了知识,由仰慕已久到赏心悦目、如愿以偿,心里非常高兴,感到很幸福。每到一地,当看到异域风情、美丽的风光、雄伟的建筑、历史悠久的古迹时,非常激动、振奋,感慨颇多。为了加深记忆,留住美好的感觉,就用随身带的相机,把自己认为最美好的画面、最幸福的时刻记录下来。同时,触景生情,由感而发,游着、看着、照着、想着,就即兴写上几句抒情诗句、顺口溜等作为记忆、留念。有时来不及写,在随后洗印或翻阅照片时,再追忆几句。就这样,逐渐形成了一组诗情画意、情景交融、图文成趣的材料。每每翻阅起来,都颇感新鲜、欣慰、有趣。从照片和诗句中,我能深切地感受到愉悦、甜蜜和幸福。譬如,1991年,我从重庆出发,乘船顺江而下游三峡时,在船上拍下难得的一张照片,随即就构思一首顺口溜:"西辞雾都嘉陵口,谷雨时节向东游。行程千里不觉远,两岸风光醉心头。"

在游峨眉山时,登上金顶,一览无余,赏心悦目。在摄影留念后,我随即想到:"久仰峨眉今日游,与君同登金顶头。一览无余令人醉,赏心悦目把影留。"

在游都江堰时,看到雄伟壮观的古代水利工程,我抓拍了许多不同角度的画面,并即兴写了这样几句:"青城都江堰,李氏父子建。浇灌两千载,至今依壮观。"

在游昆明石林时,我在照片背后写道:"石林群山,天造奇观。峰林如海,姿态万千。千嶂叠翠,花香鸟恋。举目远眺,犹如画卷。"

在游桂林时,我为照片配了这样一首诗:"桂林山水好风光,三山两洞一条江。举世闻名甲天下,每到八月遍地香。"

在游海南岛时,我乘船游在海中,真真切切地找到了"沧海一粟"的感觉。于是,就写道:"远眺无际水连天,近睹波澜多奇观。置身茫茫大海处,顿觉一粟落其间。"

鄢陵是我曾经工作过的地方,解放前是出了名的老灾区。解放后虽然发生了很大变化,但是,变化最大、最显著的还是改革开放以来。现在工农业生产,尤其是花木业飞速发展,广大群众的衣食住行条件变化显著。因此,在故地重游时,颇多感慨。边游、边照、边想,有感而发,写了这样几句诗:"金秋故地游,景新醉心头。寻找旧住处,早已变新楼。""盛赞改革喜事多,改天换地唱新歌。郁郁花木生态好,如今鄢陵变花博。"

许昌市是我常住的地方,近年来,深入开展创园林城、森林城、旅游城、卫生城和文明城活动,取得了显著的成绩,我骑车漫游,边看边照。面对眼前的巨大变化,我感慨万千,也写了这样几句:"四城同创变化大,城乡遍开文明花。城中有林林中城,满城绿荫景如画。环境优美人宜居,空气清新似氧吧。全面治理措施好,故都如今是奇葩。"

兴趣是最好的老师,爱好可以装点人生。我喜欢外出参观、旅游,喜欢摄

影，喜欢为照片配写诗歌。旅游能开阔视野，愉悦身心，见多识广，增长知识。摄影能留住美好的印象，增加亲人、友人之间的情谊。为照片配诗歌，能抒发情感，加深记忆，为生活增添诗情画意。在翻看照片、阅读诗歌时，能激起美好的回忆，找回身临其境的感觉。我觉得，培养乐趣，寻找美好，自得其乐，是一种美好的生活情趣，也是一种追求美好事物、领略其中趣味的享受。它所起的作用是可想而知的。

# 笑口常开寿自长

古今多少事,都在笑谈中。与其哀叹愁中老,何不含笑度百年。笑的好处,人所共知。可在生活中,不少人却不苟言笑,不会笑,不愿笑,笑不起来,给自己工作上、生活上带来许多不便与苦恼。怎样使自己在笑中生活呢?我有以下体会:

一是懂得笑的意义。科学研究认为,笑能加快血液循环,扩张血管,能引起面部、胸部、肺脏、四肢肌肉和呼吸肌、消化道等一系列的活动,能促使发汗、消除神经和精神紧张,能缓解生活和工作的压力,促进新陈代谢。因此,笑能治病。

笑是祥和的语言,是高级含蓄的语言,它表现的是一种情感吸引力。在人际交往中,笑是沟通感情的桥梁。在日常生活中,笑是最佳的调味品。笑可以使人更漂亮。爱笑的人,人见人爱。人生许多事,尽在一笑中。

笑能健康长寿。古今中外,许多长寿老人,都是开朗爱笑的。爱笑是长寿老人的共同特点,他们开朗乐观,热爱生活,善于使用笑意。不畏磨难愁中老,笑

傲风雨度百年。

二是培养笑的意识。应该认识到,笑是生活的需要,是健康的需要,每个人都需要笑,一生都需要笑。不是要我笑,而是我要笑。因为笑是心情愉快的表现,是友好和善的使者,它会将美好的信息传递给对方,无论谁都会乐意接受这种善意。而且,在你向别人展现微笑时也会得到别人对你的尊敬和喜爱,互相产生信任和友爱。

三是构筑笑的心理。人生长在社会上,行走于人群中,总要与人交往相处。在与人交往中,应该有与人为善、和谐共处、宽容大度的胸怀。在相互接触中,展现善意的微笑,表达友好的心情,这不是低贱无聊,而是宽容善良、文明礼貌的表现。你给别人微笑,别人也会用微笑回答你,如果人人都有这种心情,都这样做,就会形成团结友爱、和谐相处、文明礼貌的气氛,这正是我们所需要的社会环境。

四是养成笑的习惯。有的人不苟言笑、处世冷漠、终日郁郁、一腔愁绪,这是不利于人际交往的,对工作、对生活、对健康都是有害的。如果换一种表情,换成温和、友爱、亲善的表情,养成乐观豁达、活泼开朗、笑口常开的习惯,无论到哪里,在与人交往时,能以友善的姿态、微笑的面孔,把微笑作为开启心扉的钥匙,肯定会处境和谐、讨人喜欢、精神愉快。因为笑能增进友谊,强健肌体,提高气度。事实上,只要你懂得笑的意义,有笑的意识,不断提醒自己,经过反复强化,就会逐渐养成笑的习惯,就会成为一个受欢迎的人。

五是用好笑的方式,善于表达笑意。笑的内容和方式多种多样,产生的效果也不一样。诸如,欢迎型的,往往在迎接客人、会见宾朋时,面带笑容,与客人亲切握手,表示欢迎光临之意,使宾客感到热情、有礼貌;爱慕型的,往往是用微笑的面孔、柔和的双眼、思慕的神态投向对方,有时虽然无声,但其深情的笑态,会使对方深感温暖;谢绝型的,在人际交往中,有时候,在拒绝别人的请求时,用面带微笑、摇头摆手的方式,或许比生硬拒绝的方式好;道歉型的,有时候,在公共场合,自己不小心撞了别人,此时,面带微笑,向对方说声"对不起",一般都会得到对方的谅解;缓和气氛型的,有时候,在某些场合与人发生矛盾,为了缓和气氛、扭转僵局,运用微笑的态度、主动表示求和的姿态,不仅有利于化解矛盾、消除尴尬,而且有可能成为合作伙伴;招徕顾客型的,商店售货员、宾馆服务员以及其他一些服务单位，为了招徕顾客，常常用热情的姿态、微笑的表情欢迎顾客的到来，向顾客宣传、介绍商品和服务项目等，以此吸引顾客的光临，刺激顾客消费。表达笑意的方式很多，只要善于使用，就能达到良好的效果。

喜欢笑、喜欢快乐是人的天性，与生俱来。在日常生活中，在社会上，在单位里，在家庭中，在夫妻间，在亲朋好友之间，在相处交往中，只要把握好时机，善于展现微笑，施放微笑，表达善意，一定会形成团结友爱、和谐相处的局面，使生活充满乐趣、温馨、幸福。

## 欣慰的往事

"最美不过夕阳红,温馨又从容。"每当我听到这首动听的歌曲时,心里都会感到格外温暖和亲切。当看到许多离退休的老人,退而不休,老有所为,积极寻找新的乐趣,丰富自己的休闲生活时,我都深受启发和鼓舞。于是,我也学着调整心态,挖掘潜能,自找乐趣。

一次偶然的机会,在与一位老朋友交谈中,得知他退休后退而不休,奋笔疾书,写了一本回忆性的书,我拜读后,深受启发,就想到,是不是我也应该动动笔,整理一下自己的陈年往事?现在离休了,"无官一身轻",有的是时间,静下心来,想一想过去经历过的往事,这也是一件很有意义的事情。一来可以回眸一下往日的激情岁月,找回过去曾经拥有过的感觉;二来这也是一种新的乐趣,丰富一下自己的休闲生活。

写什么呢?我反复考虑,认为应该写积极的、愉快的往事,不写消极的、伤心的往事,不能用悲观的目光看待事物。因为写往日的辛酸经历,往往会触摸到痛苦的、伤心的、烦恼的往事,勾起不愉快的回忆,会给身心带来不良刺激,给现在的生活带来不愉快。于是,我选择了写"欣慰的往事"这个主题。我觉得,写这方面的内容,能写出往日的快乐、幸福、欣慰;能找回过去曾经感受过的甜蜜、美好、愉悦。我对自己一生的历程深感可贵,也很珍惜,对往日的经历充满太多的回忆,在写作的过程中,心情非常愉快,越写越高兴,在心理上好像又回到了当年那个时代,一件件既熟悉又亲切的往事,仍然使我兴奋不已,甚至流下欣慰的泪水,心里充满成就感、自豪感。

　　在我书写的"欣慰的往事"里,大多是我记忆犹新、终生难忘的往事,诸如可贵的上学机会;处境困难时,得到过许多人的关心、照顾;解放初,抓住机遇参加工作,使我摆脱了困境;参加工作后,受到党组织的培养、教育,先后入团、入党,在政治上、思想上、工作上不断成长进步;从孤身一人到结婚成家,儿孙满堂享受天伦之乐,还有儿孙们苦学有成、茁壮成长,事业上不断进步。离休后,我又赶上了好时代,过上了好日子,享受到了改革开放的成果。还有一批亲密的老友经常愉快地相约、相聚等。这些欣慰的往事,我经常细数珍宝般回顾、盘点、品味,感到可亲、可爱、可喜,使我经常有一种感激、感恩的心态和珍惜今天、憧憬明天、向往未来的心态。

　　我常想,人生道路上,荆棘丛生,坎坷不平,事事不可能一帆风顺,往往是快乐与泪水相伴,幸福与痛苦并存。既然往日已经过去,就应该愉快地面向未来,高高兴兴地过好今天,为今天的好日子庆贺、欢欣。那些陈年往事的烦恼应尽量忘掉,学会主动寻找乐趣,寻找开心的事,在快乐中生活,在生活中快乐,让快乐相伴终生,对未来充满希望。把精神调节到最佳状态,经常保持乐观向上、积极进取的精神,这样不仅能培养出一种积极的情感,而且也会给我们带来抵御疾病、健康长寿的好身体。

## 学会幽默　其乐无穷

　　现在有不少家庭缺少幽默感，生活得很沉闷、很刻板、没有趣味。有一些人不懂幽默、不会幽默。论起为人处世，可能是公认的老实人，很本分，工作积极，办事认真，学习刻苦，但就是生活刻板，在人际交往中缺少生动有趣的举动，使周围的环境显得尴尬、寂寞、乏味。

　　其实，幽默与每个人、每个家庭、每个单位都密切相关，在日常生活中，任何单位、家庭和个人都需要和谐、欢乐，可在实际生活中，却往往会产生尴尬、矛盾和愤怒，经常会遇到挫折、失败和不幸。如果你懂得幽默，就会帮你化解尴尬、开阔心胸、忘却烦恼、缓解矛盾、淡化消极情绪。幽默对任何一个人都是必要的。学会幽默会使人产生笑的喜悦，在欢乐、愉快的气氛中使人有新感受、新启发、新触动、新领悟，从中找到思想、感情、见解、想象、才智等方面的启示。幽默从理论上讲，就是要求人们言行生动有趣，意味深长。

　　我觉得，学会幽默是一个人在人际交往和办事能力上的进步，懂得幽默是一个人精神境界和心理素质的升华，善于幽默表明一个人有智慧，有人格魅力。在平时的生活中,在适当的场合中,恰当地运用幽默,会使人产生愉悦,给人带来笑声,起到缓解冲突、化解矛盾、减轻压力、驱除烦恼、活跃生活情趣的作用。比如,在构筑家庭和谐上,能起到滋润生活、催化欢乐的调味作用;在消除思想隔阂、密切夫妻关系上,能起到增加情趣、加深互爱的保鲜作用;在解决某些矛盾、消除愤怒情绪上,能起到打破尴尬、缓解冲突的转化作用;在减轻压力、消除悲观情绪上,能起到缓解焦虑、开阔胸襟的润滑作用;在调整心态、驱除烦恼上,能起到愉悦心理的保健作用。

　　一个人要想幽默,最主要的是在日常生活中要多学习、多积累,就是多学习文化知识,多增长人际交往知识。因为幽默是一种文化积累,需要有一定的文化素养,知识丰富了,谈资才能丰富,表达才会生动有趣。只有博学多才,在与人交谈时,才会用词得当,比喻形象,妙语成趣。再就是要加强修养,陶冶情操。懂得幽默的人,在思想品质上必须积极热情,胸襟开阔,具有同情心,这样在遇到情况复杂、人际关系紧张时,能够以巧妙的语言、有趣的动作甚至自嘲的方法,达到缓解冲突、改变尴尬的局面。如果一个人总是沉默寡言,横眉冷对,装腔作势,肯定让人对他敬而远之。还有要勤于思考,善于了解周围人的性格、爱好、趣味、忌讳,便于在幽默逗笑时发挥得更加恰当,取得更佳的效果。

## 认识自己

人贵有自知之明,认识自己是生存智慧,是清醒,是解脱。认识自己就是要客观地评价自己,恰当地把握自己,随时调整好心态,找准位置。

# 换位思考是美德

换位思考是在日常工作、生活及人际交往中,设身处地为他人着想的一种思维方式,尤其在遇到与自己的认识、理解、看法不一致时,产生误解、分歧、矛盾时,采取冷静面对,换一下位置考虑问题,这是人际交往、待人处世中非常必要的一种举措。

由于人们的知识、阅历、生活环境、文化程度、生活习惯等诸多方面的不同,人们的价值观念、道德标准、思维方法等存在着许多差异,在工作上、学习上、生活上,人与人之间产生思想认识上的分歧、误解和矛盾是难免的。遇到这样的情况时,站在对方的立场上,客观地看待问题、分析问题、理解问题,不仅可以化解矛盾,消除误会和分歧,而且还会加深相互之间的理解,增强人与人之间的友谊。

换位思考是人际交往、待人处世中的聪明之举,但要学会换位思考需要有悟性、有修养、有勇气,因为换位思考时必须学会宽容、忍让,学会放弃,学会换个角度去想问题,学会转弯,不钻牛角尖。

在换位思考时，学会宽容、忍让非常重要，是一种修养、一种美德。世界上任何人、任何事情都不会十全十美，用宽容的态度看待家庭、社会、事业、友谊，就能化解矛盾，消除误解。对待同事的批评、朋友的误解，没有必要做过多的争辩和反击，应以德报人、以理服人、以情感人。宽容能使紧张的关系变得松弛，使人心胸坦荡，丢掉包袱。宽容能让人忘记怨恨，宽容能使人生活快乐。当然，宽容也应该有个度，有个原则，在人格和信念上是不能宽容的。

　　换位思考时，学会放弃是一种智慧。善于放弃是一种精明，因为有时候有些事，尤其涉及到名誉、地位、待遇等问题，不是个人争来的，而是需要弄清情况，查明原因，看是否有道理，理应得到的就理直气壮地获得，没有政策规定，不属于自己的，就应该主动放弃。善于放弃，一生无悔，有时候忍痛割爱却能换来无忧。退一步海阔天空，忍一时风平浪静。

# 酒逢知己少喝好

最近,在与人闲谈中得知,又有几位酗酒者饮酒过量呜呼哀哉。死状各异,实在可悲。有倒在酒桌上的,有倒在马路上的,有倒在车轮下的,有因酒后驾驶撞车身亡的,有饮酒过多诱发疾病不治身亡的,还有一位是为劝酒发誓跳楼摔死的。

喝酒为乐,乐极生悲。面对此情此景,人们有何感想呢?肯定感受不同,心态各异。死者悲惨,请者难堪,陪者尴尬,社会谴责,亲友埋怨,妻儿老小悲痛欲绝,落得个凄惨惨不欢而散,沉甸甸含悲而去。尽管是满怀喜悦,高兴而来,兴头上称"英雄"、论"豪杰",说不尽的喝酒"理由",道不完的"应该"干杯,到头来喝出悲剧来,败兴而归,谁都不光彩,为酒而死有何价值,有何意义呢?

如今酒文化丰富多彩,不良酒风着实严重,喝酒风愈演愈烈,酒英雄层出不穷,劝酒法推陈出新,喝出了许多新名堂、新花样。什么"亲不亲一口吞"、"感情真喝得深"等。

针对泛滥成灾的酒风,不少地方和单位都出台了一些规定,但在执行中显得苍白,虽然有禁令,却禁而不止。往往是"你有政策,我有对策",打一枪换一个地方,与查者捉迷藏,变着法儿喝,饭店里"暗度陈仓"。家属管不住,怒不可遏;邻里不能管,视而不见;旁观者没法管,无可奈何。有些地方的监督部门,查查停停,紧一阵松一阵,致使喝酒潮忽高忽低。

据我了解,目前在喝酒上确实存在一些误区:

一是认为喝酒是小事、私事,他人无须多管。非也,狂饮滥喝,绝非小事,因喝酒误事、惹是生非、打架斗殴、殃祸、伤身的事已屡见不鲜。

二是认为"喝酒是交朋友、谈交易、建友谊、增感情的场所和机会",岂不知酒桌上的交易往往是借题发挥,很虚伪。借酒劲许狂言,靠不住。酒足饭饱之后,说吹就吹。

三是认为劝酒是表达感情、热情、亲情、友情的好办法,劝人喝得越多,越显热情、亲切等。其实,名为热情好客,实为给人添麻烦、找罪受。

四是认为喝得越多,越是真心,有诚意,给面子,是"英雄"。这是嗜酒者的自我安慰和自我鼓励。其实谁都知道,狂饮伤身,滥喝有害。有的人本不愿多喝,但迫于形势,为了友情、面子、名利,是不得已而为之。

五是认为喝酒能防病治病,活血化瘀。应该说,少喝有益,多喝有害。其中最关键的是多与少的度。狂饮滥喝,不仅不能防病治病,而且会导致生病、致命。

我觉得,请客喝酒自古有之,在现时生活中也再所难免,问题是如何把握好度,采取什么形式,放在什么时间,选择什么地点、场合,值得认真考虑。比如为了增进友谊、表达感情,与久别重逢的老同事、老朋友在一起喝几杯,表表心意,或者请老朋友、老同事、老乡、同学相聚一下,都是人之常情,是无可厚非的。但是,相聚开怀畅饮时,绝对不应强加于人,强人所难,没有必要轮番劝酒,疯狂劝酒,更不应以喝多少论"英雄",论好坏,论真假,论成败,论知己,论亲疏。喝多喝少应量力而行。也没有必要用"将军"、"代劳"、"下指令"的办法让人勉为其难。

目前,不良酒风在某些地方和单位已成为"灾难"、负担、包袱、"公害"。惹得众人厌恶,家属反对,确实影响工作,浪费时间,污染"空气",甚至成为发生矛盾、惹是生非、争吵打闹的导火线。

我想，人们相聚在一起喝酒，大多是为了庆贺、助兴、欢乐，心情是愉快的，请者以酒会友，来者满怀喜悦，应该提倡文明喝酒，礼貌敬酒，以自便为好，以适度为荣。气氛热烈而不紧张，喝者量力而行，喝而不醉，劝者适可而止，不逼不强，落落大方。完全没必要轮番相劝，强饮硬喝。要知道在大多数人心目中是厌恶狂饮滥喝的，他们视醉酒为丑，视死伤为耻。为此，奉劝诸位："相逢饮酒为友好，拼命狂饮没必要，举杯祝贺心意到，文明礼貌价自高，莫为贪杯酿苦果，酒逢知己少喝好。"

## 控制不良情绪有妙方

不良情绪是一种常见的带普遍性的情绪,产生的原因很多,有主观原因,也有客观原因。不良情绪表现在许多方面,如委屈、怨恨、愤怒、沉闷、烦恼、怄气等,有时还会引起顶撞、吵闹、打斗、摔砸东西等。

不良情绪是健康的大敌。据医学专家和心理学家告诫,当一个人的思想情绪处于愤怒状态时,大脑皮层高度兴奋,血管发生收缩,血压上升,脉搏加快,肌体免疫力下降,容易引起多种疾病,甚至造成生命危险。医生还说,愤怒是人体中的一种心理病毒,对人体有百害而无一利。不良情绪是一种消极的心态,它会使人闷闷不乐、低沉阴郁,阻碍情感交流,破坏相互间的关系。

学会控制不良情绪,对每一个人、每一个家庭都非常重要。学会控制不良情绪会给自己带来平安、愉快,给家庭带来温馨、和睦、欢乐、幸福,给社会带来安定和谐、团结友爱。

由于不良情绪普遍存在,不少有识之士在实践中摸索出许多控制不良情绪的办法,诸如:

**行为转移法** 就是在自己要发怒时去逛商店、逛公园、逛大街等,迅速离开现场,把注意力转移出去。

**回避宣泄法** 就是在自己要发怒时,去找亲人、老友去宣泄、吐露,把愤怒、苦恼、烦闷发泄出来。

**控制推迟法** 就是遇到愤怒时先忍一忍,想尽一切办法控制自己的情绪,"话到嘴边留半句,气到心头停一停",由恼怒转为平静,这是需要有道德修养的。

**暗示提醒法** 就是在自己要发怒时,心中不停地默念,告诫自己:息怒、不要发脾气、愤怒有害等,来暗示和提醒自己。

**积极思考法** 就是在自己要发怒时,冷静思考一下,此事有无道理,发怒会造成什么后果,有没有其他可以代替的表达方式。

**照镜收敛法** 就是在自己要发怒时,立即去照照镜子,看看自己面红耳赤的样子,会有利于调整和控制自己的情绪。

**比较消愁法** 就是在你遇到因为待遇、享受等问题,认为不公平、不合理时,最好用"比上不足,比下有余"的方法来看待此事,想一想有比自己更不幸的人,要知足常乐。

**换位思考法** 常言说:"旁观者清,当局者迷。"在遇到烦恼苦闷时,把自己想象成局外人、第三者来客观地观察自己。

**淡然处之法** 就是遇到烦恼时冷静下来,淡漠处之,不往心里搁,相信一切都是暂时的,一切都会过去。

**辩证思考法** 就是用辩证的方法看待问题,任何事都有两重性,在一定条件下,还会转化,好事可以变成坏事,坏事也可以变成好事,而这个转化的条件是可以创造的。

**主动放弃法** 就是在愤怒时,后退一步,主动放弃。学会放弃也是一种智慧。一个人需要的东西很多,有时候要积极争取,有时候则要学会放弃。

**赏乐逗笑法** 就是在产生苦恼、烦闷时,多看些相声、喜剧小品,听些音乐,借助轻松欢快的气氛来冲淡自己的烦恼。

**阅读冲淡法** 就是在遇到想不通的事情生闷气时,找一些自己喜欢的或幽默的书读一读,书中的优美语言能怡情,幽默的语言能逗趣儿,借此转移自己的消极情绪。

　　上述方法都是行之有效的,关键是看你如何使用,我觉得控制和消除不良情绪是一种修养,表现一个人的气度。愤怒是一种思维活动,不是人的本性,是可以调节和消除的,只要你有自我调节的意识,遇事能冷静地想一想,是可以解决的。控制不良情绪是个循序渐进的过程,一定要有耐心,要用新的思维方法来支配自己的情绪。控制不良情绪有利于养身,养身必须控制不良情绪。

# 冷静思考是聪明

　　冷静思考是一门必修课,是一个人一生中必学的知识、必读的书。冷静是缅怀沧桑的沉思,是为人处世的成熟,是抚慰磨难的恬淡,是蓄势待发的准备。冷静思考这门知识用途非常广泛,使用相当有效。在人类社会里,不论男女老少、国籍族群、职业行当、职位高低,都需要它,都离不开它。

　　一个人在一生的生产、生活、工作、学习、婚姻、家庭等各种活动中,不可能一帆风顺,很可能会遇到这样或那样的一些挫折、失败、坎坷、磨难,诸如婚姻的破裂、求职上的怀才不遇、求学上的落榜失志、生意上的赔钱买卖,以及突如其来的灾害、身患疑难疾病等。许多人在遭遇上述情况时,往往会产生烦恼、急躁、悲观、失望等不良情绪。有些人由于对某些事急于求成、迫不及待,往往会做出不冷静、不理智的行为,看问题不客观、不灵活,钻牛角尖,说过头话,做过头事,这是最可怕、最危险的行为。我觉得在遭遇各种挫折时,最关键、最要紧的就是先后退一步,冷静思考一下,想一想此事有没有道理,如果急于表态,产生愤怒的情绪,会导致什么后果,能不能换一种表达方式。千万不能脑子一热,

不顾一切，鲁莽行事。还有一种情况，就是一个人生活在人群中，在人际交往过程中，总会有被人误解或误解别人的时候，这大多是由于相互间不了解对方的实际情况而发生的。别小看这些误会，处理不好，照样会导致严重后果，如造成婚恋破裂、多年的老朋友反目为仇、邻里间发生争吵打斗、和睦相处的家庭突然爆发"内战"等。在这种情况下，最需要、最可贵的仍然是冷静思考。只要能冷静思考，就能转危为安，化险为夷。其实，这些误会，往往只需平心静气地主动交谈一下，把话说透，就可以避免。

冷静思考与忍耐是"好兄弟"。冷静思考时最需要的就是忍耐，忍耐是一种品质，是处世之道，是成就大事的"必需品"。古人云，"小不忍则乱大谋"，这句话一生都需要牢记。学会忍耐就会少些失误，少留遗憾。许多人年轻时讨厌"忍"字，到老时，方知"忍为高"的真正含义。

冷静思考是一种修养，在遇到挫折、磨难、伤害、刺激时能冷静思考，是有修养、有度量、心胸开阔、有远见卓识的表现。有自制能力，有包容精神，有忍耐气度，才能处变不惊，遇惊不乱，沉着镇定，处之泰然。

冷静思考是一种智慧，在遭受伤害、刺激、压力、困惑时能保持头脑清醒，思路清晰，很快理出头绪，权衡利弊，选择最佳的办法，把矛盾解决好，以智取胜，这的确是一种有智慧、有胆识的表现。事实上许多好点子、好办法就产生于冷静思考。

# 努力写好自己的历史

每个人的一生都是一部历史,一部生动鲜活、丰富多彩的历史。人的一生,从出生到老死,都在写自己的历史,尤其在步入社会、走上征程的时候,都在用自己从事的生产劳动或工作、学习、生活的实际行动书写自己的历史。在漫长的岁月里,因为各人的处境、经历不同,各自的历史也就不同。有的写得艰难曲折,凄楚悲壮;有的写得成功顺利,精彩辉煌;有的写得虽然平平常常,却也无怨无悔。

人的一生,随着时间的推移、年龄的增长、社会的进步、时代的变化,在不同的年龄阶段会有不同的经历、不同的感受,写出来的历史就会有不同的特点。譬如,在青年时期,风华正茂,踌躇满志,往往是满怀激情,自己的历史就会写得精彩夺目,使人欣慰。但是,这个时期因为阅历浅、经验少,难免会在工作上、生活上犯一些错误,出现一些失误,留下一些遗憾。不过,因为还年轻,还有"将功补过"的时间和机会,摔倒了再爬起来,重新振作,可以再创佳绩。需要注意的是,切忌犯了错误不思悔改,自暴自弃,一蹶不振。在中年阶段,一般在工作上、事业上、生活上、人际交往上，都经历了一些锻炼、考验和磨炼，积累了正反两方面的经验，已经逐渐成熟起来。有的人事业有成，成为某一行业、某个单位的骨干、带头人或社会上的名人。这样的辉煌历史，确实来之不易，应该倍加珍惜。在老年阶段，大多具有丰富的生活经验、坚强的革命意志、吃苦耐劳的传统作风。在心理上有珍惜历史、保持晚节、严于律己、继续努力再做一些贡献的思想。不过，在这个时期，认识上会有已经"功成名就"，即将"告老身退"的考虑，在思想上、工作上、学习上、生活上会产生一些惰性，甚至有的人受消极思想的影响，利用手中的权利，乘机捞一把，到即将退休的时候，走上犯错误的道路，丧失晚节，毁掉光荣的历史，这是特别值得注意的事。

　　我想，一个人的历史写得好不好，在很大程度上取决于自己的主观努力，在于自己的思想觉悟、思想认识、思想观念、思想方法，在于自己的世界观、人生观。有的人世界观、人生观解决得好，有崇高的理想、坚定的信念，志趣远大，工作勤奋，廉洁自律，坚守节操，时时处处严格要求自己，自己的历史就写得好；有的人胸无大志，缺乏远见，目无法纪，为所欲为，自己的历史就会写得很糟糕。因此，要想写好自己的历史，首先必须解决好认识问题，解决好立场、观点、方法问题，从征程初始，就要树立写好自己历史的信念，抱着对党、对国家、对家庭、对个人负责的态度，勤奋工作，理智做人，严格要求自己，约束自己的行为，在行动上做出写好自己历史的努力，经常保持清醒的头脑，增强党性观念，提高写好自己历史的自觉性。同时，在日常生活中，经常想一想自己的行为有没有违背党和人民利益的地方，有没有与党纪、国法不一致、不相符的地方；问一问自己是否牢记"宗旨"、"誓言"，是否有违背道德规范、做人准则的地方；看一看自己的言行举止，是否始终如一。只有这样，自己的历史才会写得生动、精彩，到"告老身退"的时候，向党和人民，以及自己的家人，交上一份满意的历史答卷。

# 认识自己

有一个故事发人深思，耐人寻味。与我同住一城市的一位退休的老同志，姓李名狗，未参加工作前，在老家，村里人都习惯喊他的名字"狗"，比他年龄小一点儿的有的喊他"狗哥"。后来，他思想进步，工作积极，表现突出，得到提拔，当上了科长、主任，于是，人们喊他李科长、李主任。前几年，他从工作岗位上退了下来，于是，人们又慢慢地喊起老李、李狗、李哥、狗哥了。

这件事引起我一些思考。我想，一个人不管当什么"长"，什么"官"，都是从普通人、普通事做起的，到"告老还乡"时，又回归自然。我默默地问自己，现在我是谁？又自问自答地说，现在我是一名离休干部，在家是儿女们的父亲、孙子的爷爷，到街上散步是位老人，外出参观旅游是游客，到影剧院观看演出是名观众，到商店买东西是位顾客，与人聊天谈话是交谈者，已经不再是什么"长"了。你以为你是谁？必须认清现实、认识自己，平平常常才是真。一个人不论过去当过什么"长"、什么"官"，在位时顺其自然，认真履行好自己的职责，退休后入乡随俗，过普通人的生活，必须随时调整好自己的心态，及时找准自己的位置,认识自己,认清自己。

　　由此我又想到,一个人不仅退下来时要认清自己,一生都需要认识自己。童年时期,正在读书求学上进,要认识到自己是一名普通学生,要刻苦学习。青年时期,步入征途,走上工作岗位,要认识到自己是人民的儿子,要当好公仆,不辱使命,兢兢业业地做好自己的工作。在事业有成,当上什么"长"时,不忘草根情结,不忘入党誓词和为人民服务的宗旨。到"告老身退,荣归故里"时,及时调整好心态,认清现实,丢掉虚荣心,回归自然,找回做普通人的感觉,过平平常常的生活。说句趣话:"无职无权无责任,吃好玩好心情好。"何乐而不为呢?

　　认清自己是一个人的生存智慧,是自知之明。心胸开阔、坦荡豁达、恬淡寡欲,是做人的气度。能大能小,能进能退,淡泊虚无,该放弃时就放弃,这是人生哲理。

　　认识自己,认识什么呢?我觉得最重要的是要认识自己的过去和现在,认识自己的优点和缺点,认识自己的长处与不足,认识自己的性格、脾气、习惯与爱好,认识自己的情感、情绪、期盼与欲望,认识自己的生活能力和健康状况,认识自己给人留下的印象与看法。总而言之,要客观正确地评价自己,准确恰当地把握自己,不断地审视自己、修正自己,做一个不骄不躁、不卑不亢、淡泊名利、知足长乐的人。

　　真正认识自己并不容易,有时候往往会忘乎所以。要解决好认识自己这个问题,最关键的是要及时调整好心态,解决好思维方式,给自己定好位,弄清立足点,瞄准好目标,定准期望值,超然豁达,坦然处之。

# 认真写好结尾这一章

　　沧桑诚可贵,珍重价更高。每个人都有一部沧桑珍贵的历史,这部历史是用心写成的。许多人在书写自己历史的过程中,都付出了巨大的努力,用开拓进取、坚持不懈、顽强拼搏、愈挫愈奋的精神和勤勤恳恳、兢兢业业的实际行动,书写出一部精彩的华章。参加工作几十年,呕心沥血,任劳任怨,为追求崇高的理想,坚定信念,奉献一生,为党、为人民做出了卓越贡献。当快要从岗位上退下来时,仍然一如既往,坚持不懈,积极工作,继续努力写自己的历史,抓紧时间做新的贡献。到"告老身退"时,安全顺利地到达"终点站"。离退休后得到党和国家的关怀照顾,愉快地颐养天年,心里感到很欣慰、很光荣、很幸福。这样的老同志理应受到人民的尊重和爱戴。但是,也有另外一种情况,有的人在即将退休的时候,思想复杂起来。由于受利益的驱动和"有权不用,过期作废"言论的蛊惑,放松自律,伸出手来,利用职务之便索贿受贿、贪污腐败,结果走上犯罪的道路,毁掉自己奋斗了几十年的历史,受到党纪国法的严惩,造成"一失足成千古恨"的终生遗憾。这样的人,确实既可惜又可恨,可惜的是:一生

奋斗来之不易，一念之差毁于一旦；可恨的是：没有耐得住寂寞，没有守住清贫，在书写自己历史结尾这一章时，出现败笔。这样的教训很深刻。因此，我觉得，每一个党员干部，特别是一些老党员、老干部、老同志，要特别珍惜自己的光荣历史，要始终如一地写好自己的历史，尤其在步入老年阶段时，应注意保持晚节，记住"人过留名，雁过留声"的俗话，认真走好人生历程的最后几步，站好最后一班岗，写好自己历史结尾这一章，给后人留下"好名声"。

怎样写好结尾这一章，在现实生活中，有许多经验可以借鉴。如：

经常用自己曾经忠实履行的党纲、党章、宗旨、誓言来提醒自己，要求自己，对照自己，如果有违背的地方，一定要及时改正，切实做到始终如一奉献一生，完全彻底地为人民服务。

要不断用党纪国法告诫自己，时刻想到我们是法治国家，每个人既受法律保护，也受法律约束，应该自觉遵守法律法规。不要有侥幸心理，不要为所欲为、放荡不羁。不受法纪约束，必然走向反面，违法犯罪是无法饶恕的。

还有要用沉痛的教训警示自己。所有的违法犯罪行为都是一面镜子，对所有人都有警示作用。相同的是犯罪行为，不同的是犯罪内容。应切实引以为戒，从中吸取教训。

同时还要想到，在即将"告老还乡"的时候，自己的家人和亲朋好友，都在热切地盼望你"功成名就"、"荣归故里"，欢迎你光荣退休，回到温馨、幸福的家里，共享天伦之乐。如果走上犯罪道路，自毁历史，那怎么向家人交代呢？如何面对"江东父老"呢？欢度晚年岂不成为空话。

# 日常生活不能随心所欲

做什么事都应该有个度,超出限度,失去约束,就会走向反面,产生不良后果。比如吃饭,有的人胃口好,能吃能喝,吃啥都香,加上生活条件比较好,经常鸡鸭鱼肉,山吃海喝,年纪不大,就吃出了毛病,身体肥胖,血管硬化,高血压、高血脂、高血糖"三高"的帽子早就戴上了。这说明,吃饭过多、营养过剩,对身体有害。再如喝酒,有的人嗜酒成瘾,一天喝几场,经常醉醺醺的,神志不清,昏昏欲睡。由于饮酒过多,引起酒精中毒,伤及神经、肝脏、脾胃、心脑血管等,引起许多疾病。还有抽烟,吸烟有害健康这是大家共知的。可有的人就是改不了,且越吸瘾越大,久而久之,血管、气管、口腔等就陆续出现毛病。还有赌博、打麻将,有的人天天打,"日夜兼程,连续作战",输了想捞,赢了还想赢,思想高度集中,精神过于紧张,身体超负荷运转,心理负担过重,弄得精疲力竭,很快就出现这样那样的毛病。还有的人开车搞运输,为了多挣钱,超限、超载、超速,结果车毁人亡的事故不断发生。

在日常生活中,随心所欲、为所欲为,违背科学,超出限度的事有很多,教训亦不少，不一而足。在什么样的情况下容易产生随心所欲的心理呢？一是财大气粗，身居高位，手握重权，失去监督时；二是取得胜利，有了成绩，骄傲自满，头脑发昏时；三是遭遇不幸，失魂落魄，迷失方向，破罐子破摔时；四是不懂法律法规、生活常识，处于法盲、文盲状态时。这几种情况，虽背景不同，但心态有些相似，特别是有些人拥有金钱及手握重权时，自认为有资本、有条件满足私欲，任意挥霍，胡作非为。

  我想，一个人生在世上都肩负着一定的责任，应该有公民意识。作为受宪法保护的公民，在享受权利的同时，也应承担相应的义务。对国家、对社会负有遵守法律法规，维护国家利益，爱护公共财产，遵守劳动纪律、公共秩序、社会公德和参加劳动等许多义务和责任。同时，作为一个家庭成员，负有赡养老人、养育子女、从事家务劳动的责任。因此，可以说，从法律法规的要求上，从社会公德的意识上，都不允许任何人随心所欲、为所欲为、没有节制、胡作非为。我觉得，每一个人都应该树立法制意识、文明意识，理性地看待自己，要求自己，用做人的准则规范自己，讲究做人的品德，自觉接受社会公德、职业道德、家庭美德的约束，自觉遵守国家的法律法规，还要有保健意识，用科学的态度、科学的知识来调整好自己的生活，做一个有教养、有道德、有情操、积极向上、健康长寿的人。

# 什么样的性格最受人欢迎

老年人的性格修养十分重要。一个性格好的老人,无论在家庭里、在社会上或是在单位里,都会受到别人的尊敬、爱戴、欢迎,许多人都愿意与他接触。老年人多为一家之主,在家庭和社会中有其特殊地位,其性格的好坏,对家庭、对社会都会产生一定的影响,老年人加强性格修养会给家庭、社会、个人带来许多好处。同时,一个人的性格修养与身心健康也有着密切的关系,好的性格修养能使人身心愉悦,健康长寿。

据我观察,老年人由于人生阅历、文化素质、生活习惯等方面的不同,形成的性格也不一样,大体上有以下几种类型:和蔼慈祥、活泼开朗、谨慎处事、自尊自爱、宽恕忍让、与世无争、争强好胜、容易激动、表达迟钝、性格孤僻、对人冷漠、生活刻板、怯懦多疑、多愁善感等。

什么样的性格最受人欢迎呢?在现实生活中,性格开朗、和蔼慈祥、自尊自爱、宽恕忍让、亲切随和、乐于助人的人最受欢迎。有一些老年人,品德高尚、幽默风趣、知识渊博、爱好广泛、生活经验和社会知识丰富,许多年轻人都愿意接

近他,因为与他接触能学到许多知识,懂得许多做人的道理。

对于有性格缺陷的老人,比如孤僻、怯懦、多疑、多愁善感、好生闷气、冷漠刻板等,不要嫌弃他,要尊重他、关心他、接近他、帮助他,虽然"禀性难移",但是,经过积极、主动、耐心、细致的开导、启发和帮助,总会出现可喜变化的。

加强性格修养是一个长期的过程。常言说,修身养性,需要做许多耐心细致的工作,才能有效。首先,要与时俱进,不断学习,向先人、前人、伟人、哲人学习修养的知识,用他们的教诲提高自己的认识,改变自己的性格缺陷。其次,走进人群中,开阔视野,向修养好的楷模学习,学习他们为人处世的好风格、好经验、好方法,借别人的智慧改变自己的不足。其三,积极培养自己的爱好,用新的生活、新的乐趣,丰富自己的休闲生活,陶冶自己的情操。其四,改变自己的思维方式和思想观念,跟上时代的步伐,学会用辩证的、发展的眼光看待事物,学会理性处事,换位思考,赏识别人,宽容忍让,不要用老眼光看待孩子、看待年轻人,要尊重他们,要正确地看待自己。这不仅有利于团结、和谐、平安、健康,而且一定能使自己成为受人尊敬、爱戴的老人。

还有一种,就是学会让步。在人际交往中,让步是一种智慧、一种美德,是一种常见常用的处世方法。让步不是怯懦,而是一种有修养的表现,让步其实是暂时的。为了进步,有时就必须先做出退一步的忍让。忍一时风平浪静,退一步海阔天空。

## 随遇而安　安而不惰

老年人到了退休年龄,从岗位上退下来,是人生历程的重要转折,是一个人进入新时期、新阶段的开始,应顺其自然,乐观面对,随遇而安。安度晚年,贵在平安,既不能一如既往地继续忙碌,也不能心灰意懒,无所事事。最好的办法是,及时调整好心态,迎接新生活的到来,再科学地忙起来,干些力所能及的事,做到老有所为、老有所乐、安而不惰,使休闲生活过得积极、充实、愉快、有意义。

一是脑不能惰。大脑是全身的司令部,直接影响肌体的一切活动。科学研究表明,善于开发大脑有益于身心健康。大脑是用则盛,不用则衰。勤用脑,多思考,增智力,防衰老。人脑极具活力,受到信息刺激愈多,脑细胞就愈旺盛发达。许多年寿已高、思维清晰者,都与多读书、多思考、勤用脑、善于用脑、思想活跃有关。脑子里有理想、有信念、有追求、有向往,乐观向上,说明心态好,身体充满健康因素。勤用脑的人,脑血管经常处于舒张状态,脑神经细胞得到良好的营养,大脑功能就不会早衰。

善于用脑的关键是,要摸索大脑的活动规律,在大脑最清醒的时候多用脑。如有的人早上脑子清醒,有的人则晚上脑子特别好使。当然,在勤用脑的同时,要注意健脑、护脑。

二是眼不能惰。要养成勤看、多看的习惯,充分用好自身的有利条件,大饱眼福。看新鲜事物、秀美风光、名胜古迹、异域风情,看各地的新发展、新变化。看,能刺激大脑,触景生情;能鼓舞人心,振奋精神,发人深思,催人奋进;能改变人的思想观念,提高人的精神境界。

三是耳不能惰。只要听力无碍,就要多听新闻,多听新鲜事、新奇的事、有趣的事。有机会的话,还要多听专家学者、有识之士的讲话、报告等,多听戏曲、音乐,多听国家的发展变化、新的科技成果、新的创造发明。

四是手不能惰。有的人,过去用手操作的事,现在可能用不上了,但是,离退休后用手的地方多得很。用手不仅能创造财富,而且对强身健体、延年益寿十分重要。因此,要及时寻找新的乐趣,参加一些量力而行、力所能及的活动。譬如:用手绘画、书法、养鸟、钓鱼、做手工艺品、学烹调技术、干家务活等,这些既能锻炼身体,又能创造价值。一旦有所收获,取得进步,就会产生成就感、欣慰感,给自己带来精神愉悦。

五是腿不能惰。"保护腿脚,年老不弱",多散步,勤走路。有动有静,不生杂病。生命在于运动,勤走路能增强肌体力量。走出去看看能开阔视野,见多识广,增长知识。现在条件好了,应该充分利用。明月清风随意去,青山绿水任君行。如果可能的话,迈开腿脚,外出参观旅游一下,是大有好处的。

老年人容易产生腿疼病,为了使老腿不老,应加强腿脚锻炼,有病早治,无病早防。只要坚持,必有好处。

六是口不能惰。有些人,过去因为工作的关系、职业的要求,经常给人讲话、讲课、作报告、搞宣传,退下来后,好像说话的机会少了,或者认为没必要再说那么多话了,其实不然,人经常讲话有许多好处,尤其是老年人,长期过少言寡语、清净寂寞的生活,会导致抑郁、孤僻、痴呆。因此,要创造条件,有意识地寻找说话的机会。如找老朋友聊天,谈看法,说感想,讲笑话,聊童趣,交流生活经验,交谈学习体会等。在交谈中吐露心绪,宣泄苦闷,互相开导,能消愁解闷,驱除烦恼,化解心结,促进精神愉悦,充实心理需求,有益于身心健康。

　　随遇而安显示出能上能下、能进能退的生存智慧。安而不惰,充满孜孜不倦的精神。退而不休、老有所为蕴涵着积极向上、乐观豁达、快乐生活的长寿之道。懒易生病,忙能长寿,让我们量力而行,再科学地忙起来吧!

## 我也有胜人一筹的地方

我知道我不漂亮，身上有先天不足的缺陷。但是，我清楚地认识到，我也有优点长处，也有胜人一筹的地方。我这样说，是想和在生理上与我有同样"遭遇"的人切磋互勉。在现实生活中，我发现有些人对自己身上存在的某些缺陷看得过重，思虑过多，总觉得自己长得不称心、不如意，于是就想方设法掩盖它。有些人为了追求完美，浪费了许多宝贵的时间、精力和积蓄。有些人为了掩盖缺陷，吃了不少苦头，甚至弄巧成拙，造成新的缺陷、新的苦恼。我想，既然一个人生在哪里，长成什么样子，自己是被动的，只能"听天由命"，倒不如既来之则安之，实事求是，正确面对。

其实，在我看来，有的人并非长得不美，而是自己的审美观点在作怪，是认识上陷入误区。譬如，有的人本来有天生的自然美、健康美，可他不满足，还要追求更美。有的人只是在身体的某个部位有点不足，对工作、学习、生活并无大碍，可他却视为心病。

我觉得，某些人在看待自身存在的缺陷上，在很大程度上是一种心理作用。由于人的观念不同,受心理因素的影响,同样一件事,同样一个人,看法就会不同。在日常生活中,人们都有过这样的体会,有的人从外表上看并不漂亮,甚至有点儿丑,可人们喜欢他,因为他有爱人的心灵、助人的乐趣、高尚的品德、坦荡的胸怀。他诚恳善良、淳朴热情,他给别人办了许多好事,所以人们都对他笑脸相迎,称赞他,说他好。这说明,一个人长得美不美不要紧,最重要的是心灵要美,活得要美。

我想,世界上从来就没有十全十美的人,不完美才是真,才是生活。任何事情都是相对的,都有美中不足的地方。同时,仔细品味一下,任何人都有胜人一筹的地方。过分的追求,只会给自己带来遗憾,造成新的苦恼,甚至造成危害。当然,有的人在生理上确实有先天不足的缺陷,给生产、生活、工作和学习带来诸多不便,在条件允许、技术先进、安全可靠的前提下,进行必要的矫正治疗是完全应该的。

怎样对待自己的不足呢？我觉得：

一、放松心灵,正确对待。就是去掉虚荣心、自卑感,以平常的心态看待自己的不足,不要为自己的不足背包袱。应该看到世上先天不足的并非我一人,他们能顽强地生活,我为什么自卑呢？应调整好心态,轻轻松松地生活,认认真真地做事,走自己的路,休看他人的脸色。

二、欣赏自己,提高自信。看自己要全面地、深入地看,用发展的眼光看,要喜欢自己、悦纳自己。比如看自己的优点长处,看自己对国家、对社会、对家庭做出的贡献,看自己在为人处世方面助人为乐、与人为善、宽容忍让、贤惠善良以及热爱劳动、勤俭朴实的品德等。许多人的优良品德就表现在生活细节上。这样,就会越看越自信,即使自己长得不漂亮,但在某些方面,也有自己的优势。

三、放眼世界,开阔视野。想一想,古今中外许多在生理上有缺陷的人所走过的路程,他们中的不少人在对待自己的缺陷上,是视而不见,不以为然,不屑一顾的。他们硬是用自己的刻苦努力、执着精神、顽强拼搏,改变自己,或刻苦学习,苦学有果;或自强自立,事业有成。他们拥有了知识,学到了本领,改变了命运,提升了自身价值,对国家、对社会、对家庭做出了惊人的贡献,被人赏识、称赞,视为英雄、楷模。此时此刻,谁不说他们美呢？谁还会说他们丑呢！这不正是一俊遮百丑吗？

## 幸福的回眸

　　人老了喜欢怀旧,回味自己走过的历程。我觉得,经常想一想过去那些曾经得到过、拥有过、感受过的愉快往事,很有意义,有激励、鼓舞、促进作用,能给人带来愉悦,带来好心情,对身心有好处。可以说,幸福地回眸过去,是一种美的享受。不过,对那些不愉快的、伤心的往事,不要去想它,要尽量忘掉它。因为想多了会伤心、伤神、伤身体。不管过去经受过多大的艰难、坎坷、痛苦,毕竟已经过去了。现在一切都在变化,在党的正确领导下,整个社会都发生了巨大变化,国家强大了,人民富裕了,经济发展了,社会进步了,盛世就在眼前,现在的中国比任何时候都好。我们赶上了好时代,有机会享受到改革开放的成果,这是多么幸运的事啊!这是我们的福气。这样的好时光,我们为什么不抓紧高兴、抓紧享受呢?!何必有福不享去想那些痛苦呢?现在尽管还存在这样那样的问题,还存在一些不尽如人意的地方,但那毕竟是前进中的问题,终究会被解决。事物是不断发展的,任何困难和问题都会在前进中得到解决。汲取过去受苦的教训是必要的,但是不能把过去的痛苦当成包袱背在身上,陷入耿耿于怀、不能自拔的地步。

　　人老了也要充满自信。从工作岗位上退下来,有个好身体、好心情、好的精神状态,比什么都重要。按照科学发展的观点,调整好自己的心态,愉快地面向未来,憧憬未来,正视现实,寻找新的乐趣,培养新的爱好,高高兴兴地过好每一天。如果有可能的话,还要抓紧时间写点东西,把自己的经历整理成宝贵资料,抢救一下自己的"文化遗产",使休闲生活过得更精彩、更有意义。

## 学会欣赏自己

时光飞逝,岁月匆匆,不知不觉几十年就过去了。步入老年,许多人都喜欢怀旧,回顾一生的经历。如何看待自己的一生,其中有许多学问,很值得研究。由于种种原因,人与人之间千差万别。有的人一生雷厉风行,叱咤风云,成就辉煌,贡献巨大;有的人埋头苦干、任劳任怨,平平淡淡终其一生;有的人艰苦奋斗,顽强拼搏,学有所成,事业有果,逐步走上领导岗位,或成为某一部门的业务骨干;有的人一生务工、务农、经商、执教,兢兢业业,孜孜以求,对国家、对社会、对家庭同样做出贡献,取得累累硕果。

人的一生,由于基础不同、机遇不同、经历不同,其结果不可能一样。我想一个人不论从事什么职业,不论职位高低,只要一生对国家、对社会、对家庭做出过贡献,就应当给予肯定。作为从事各项事业,参与各种活动的劳动者,没有必要以职位、权势、贡献大小论贵贱、论高低,尤其是一生无职无权、平平常常、默默无闻的普通劳动者,不要看不起自己,不要自卑、自责、埋怨、内疚,要正确地看待自己的一生。人的寿命有长短,人的能力有大小,只要有为国家、为社会、为家庭、为子孙后代尽心尽力的精神，就是可贵的。

在看待自己的一生时，要学会欣赏自己，看到自己过去曾经付出过的努力，肯定自己做出的成绩，欣赏自己取得的劳动成果，在内心深处应该感到欣慰才是。实际上每个人都有值得欣赏的地方，比如有的人为国家、为社会创造过财富，有的人有过创造发明，有的人帮助别人办过好事，有的人亲手制作产品供人享用，有的人为子孙后代含辛茹苦、操劳家务，为后代留下了宝贵的物质和精神财富等，这些都是值得欣赏的地方。

在看待自己的一生时，还要学会安慰自己，尤其在对待名誉、地位、待遇等问题上。遇到与同乡、同学、同事之间情况大体相似，待遇却不一样，就会产生不公平、不合理、想不通的思想。对此，最好的办法是劝说自己，想开一点儿。因此，要学会欣赏自己，要愉快地享受今天的幸福生活。

## 有追求才有希望

过去我有过许多追求,有不少都是半途而废,无果而终,尤其是在培养爱好方面,往往是三分热度,功不成名不就。比如,在青年时期,学过速记,当时报名参加速记函授学校,交了学费,购买了书籍,学了一段速记符号,又进行了一段简单练习,后来因为工作忙,未能坚持下去。我还学过摄影、书法等,都因种种原因半途而废,或者学会了,因不经常练习又忘掉了。如此等等,究其原因,主要是缺少坚持不懈、持之以恒的韧劲、毅力。

我觉得,为了生存,为了发展,为了改变自己的命运,一生都需要追求。追求是伴随一个人成长、进步的动力。

人的追求是随着自身条件的变化和所处环境的改变而不断发生变化的。追求什么,在选择上极为重要,需要有智慧、有悟性、有眼力、有勇气。往往选对了会一路凯歌,走向胜利,走向光明;选错了会适得其反。

人的追求范围很广,有生活、工作、学习、婚姻、金钱、情欲、功名利禄、兴趣爱好等方面的;也有政治、经济、文化教育、科学技术等事业方面的;有为整体的、全局的、国家的、社会的乃至全人类的，也有为家庭、个人方面的。可以说，这些都是许多人一生中必然碰到的、必须追求的事。

追求是一种向往、信念、情趣，是一个人的精神支柱，没有追求，无所事事，肯定精神空虚，生活无味。追求是一个过程，是一个不断发展变化的过程。在追求中需要不断调整、充实、完善，最重要的是对认准了的目标、方向，要坚持不懈、持之以恒，要有韧劲、毅力，要勇敢、顽强。

我想，一个人一生肯定会有许多追求，而且需要付出极大的努力。但是，在追求的过程中必须把握好以下几点：

一要选准目标，把握好方向。以品德立足，以工作取胜。品德是立身之本，是基础，事业是目的，是核心。要认准方向，勇往直前。

二要实事求是，从实际出发。及时调整好自己的期望值，不浮躁，不自卑，脚踏实地，兢兢业业。

三要坚定不移，持之以恒。有决心，有信心，有韧劲，有毅力，把握时机，开拓前进。

四要不断提高自身素质，学习新知识、新技术，扬长避短，充分发挥自身的优势。

五要善于利用有利条件，创造性地开展工作。

只有这样才能达到预期的目的。

## 正确面对遗憾

许多人在日常生活中都有过遗憾,甚至有过许多遗憾,如下岗、失业、离婚、失恋、考学未被录取、求职未被录用、工作不顺心、家庭不和睦、身体不适、遭遇天灾人祸等。可以说人人都会有遗憾,也可以说人生旅途越长,遇到的遗憾就会越多。我自己就有这方面的体会,生活中不称心、不如意、令人惋惜的事,我都遇到过。还有,在生活中喜欢追求完美,对许多事情过于理想化,买东西挑来挑去,办完一件事,总觉得还存在不足,其结果往往是追求完美却不完美,心里想着完美,实际仍有缺陷。实际上,十全十美的事是不存在的。

遗憾蕴涵着无奈和惋惜,掺杂着企盼和失落,也蕴涵着激励和启迪。遗憾虽然带给人们的是懊悔、惋惜和不快,但是遗憾中也充满着人生哲理。

产生遗憾的原因很多、很复杂,但应多从主观方面找一找原因。主观原因往往与一个人的思想观念、思维方法、生活习惯、工作经历、心态、性格、爱好、趣味,甚至环境影响等有关系。

遇到遗憾,会给人带来不愉快,产生烦恼、无奈、苦闷、消沉、惋惜、失意、自恨、自责，也会给人带来自省、反思、磨炼、考验，催人奋进，使人猛醒。遇到遗憾时，人的情绪、心境一般都很低沉，心情烦躁，悲观失望，脾气急躁，郁积在心，耿耿于怀，空虚失落，甚至悲痛欲绝，走向极端。

消除遗憾，往往需要一个转变过程，经过自省、反思、宣泄或别人劝导、帮助才能解脱。

为了防止过多的遗憾对人的刺激、伤害，我想，最根本的办法就是正视现实，坦然面对，泰然处之。首先要冷静思考，弄清原因，调整好自己的心态，改进一下思维方法，从遗憾中找到自己的差距，认识到不足，使自己猛醒，聪明起来。再就是从遗憾中找出无奈和苦涩，接受教训，学会自强、自立。还要把遗憾当作一面镜子，振作起来，再接再厉，发挥优势，继续奋斗。

遗憾的事是会经常发生的，旧的遗憾消除了，新的遗憾还会产生。因此，树立应对遗憾的意识，学会面对遗憾的方法，值得每个人冷静思考。我认为，一个人能感觉到遗憾是心理上的醒悟，能自省、反思，是认识上的进步；能从遗憾中得到考验、锻炼是一种财富，是走出误区的台阶；能走出遗憾，振作精神，自强、自立是成熟的表现。

# 向往美好

向往未来,崇敬美好,是一种积极向上的心态。历史总是向前发展的,社会永远是前进的。今天的幸福是过去奋斗的结果,明天的美好要靠今天的努力。

# 做"年轻型"老人

如今,很多步入花甲、古稀之年的老人,仍然精力充沛,思路清晰,反应敏捷,积极从事老有所为的事业,参加老有所乐的活动,甚至做出大器晚成的成就,人们称其为健康老人、"年轻型"老人。他们为什么能保持活力、青春常在呢?

一、保持年轻的心态,自信年轻不言老。"自信年轻不言老"是一种心理养生术,这听起来似乎有点滑稽可笑,其实是许多老人自我保健的良好措施,滑稽中包含着人生的幽默,是积极向上的精神,是年轻乐观的心态,是老有所学、老有所为的前提和基础,不妨请老同志试一试。

二、不断学习,更新观念。好学习的人,常处于奋发向上、积极进取的精神状态。好学习者,博览群书,知书达理,心地善良,胸襟开阔,心态比较好。勤用脑、好学习与修身养性有密切关系,有异曲同工之妙。许多年寿已高但思维清晰者,大都与开发大脑、坚持学习有关。

三、坚持体育锻炼,经常参加活动。生命在于运动,运动使人健康,健康才

能长寿。体育锻炼是保持青春活力的重要途径。锻炼的方法,可根据自己的身体条件、趣味爱好,摸索出一套适合自身情况的方法,长期坚持,持之以恒。身体好,有活力,就能找到年轻的感觉。

四、培养业余爱好,寻找新的乐趣。离退休后不能过枯燥无味的生活,要学会玩,玩得有趣味、有意义,玩得开心。过去有业余爱好的,可以充分发挥,没有爱好的要积极培养,要想尽办法使休闲生活过得充实、欢快、愉悦。当然要注意适度,要为健康而娱乐,要娱有节、乐有度。爱好可以装点人生,可以引导你去寻找美好,自得其乐。

五、保持童心、童趣,追求时尚好奇。保持一颗童心是老年人最宝贵的财富,拥有童趣会使老年人显得幽默诙谐、年轻有趣。追求时尚好奇,是老年人积极向上、活力不减、仿佛越活越年轻的表现。

六、积极参加社会活动。只要社会需要,自身条件尚可,积极参加一些力所能及的社会活动,不仅对国家、对社会有益,而且对家庭、对个人都大有好处。在参加活动中,与生活保持和谐,可以重新感受到自己的价值,重新获得为国家发展、社会进步继续奉献的感受。

七、改变自己的不良习惯,如孤独、不出门、不与人交往。长期不与人接触,不找人聊天,听不到鸟叫和人的欢声笑语,天长日久会变得性情孤僻,精神萎靡,对周围的一切漠不关心,以至于对生活失去信心,健康状况也会日渐低下。在现实生活中,有的人心态年轻,虽然年老却不显老,而有的老人,心理衰老,不善交往,年纪不大,却老气横秋。这在很大程度上与不良性格有关。

八、多与青少年交往接触。青少年思想活跃,精力充沛,性格活泼。在与青少年接触中,可以使你受到青春活力的感染,活跃思维的启发,充沛干劲的激励,会有效帮你驱除暮气,变得年轻。

九、享受音乐美餐,提高生活质量。听音乐能陶冶性情,健身治病,早已为医学界所肯定。不同的乐曲对不同的心境有很大的协调作用,被人称为"音乐疗法"。实际上,人们在聆听音乐时,不仅能锻炼听力、记忆力,还可以起到镇静、降压、镇痛、调节情绪的作用。在参加歌唱时,可以起到增强肺的呼吸功能、抒发健康情志、消除愁闷、强身健体的作用。在休闲的时候,选些自己喜欢的歌曲、戏曲、相声、小品等播放一下,往往会使人情不自禁地跟着哼唱起来,情绪被音乐所感染,使生活中的紧张劳累、烦恼枯燥烟消云散。

十、多展望未来。经常充满激情地展望未来,想到自己还有很多事情要做,还有很多地方要去看,还要看到更加美好的明天,就会对未来充满想象,充满希望,充满期待和追求,会使自己精神振奋,产生我还年轻的感觉。

## 大器晚成亦辉煌

　　一个人的成长、进步，或少年得志，或大器晚成，是由许多因素构成的。有主观原因，也有客观原因。有天赋，也有机遇。

　　改革开放以来，我们国家在党的正确领导下，实施了一系列有效的政策、措施，给广大人民群众提供了广阔的学习机会和施展才华的平台，从而涌现出大批苦学有成、事业有果的开拓者、创业者、发明家、企业家、专家学者。这些成就，的确使人欢欣鼓舞，精神振奋。

　　在这些有知识、有才华、开拓进取、勇于创新取得辉煌成就的人才中，既有血气方刚、风华正茂的年轻人，也有老当益壮、不甘落后、大器晚成的中老年人。少年得志，奋发有为，年纪轻轻就创出大业、伟业，彰显出年轻人的英雄气概，的确让人仰慕、赞赏。有的人因为种种原因，年轻时失去了成功的机会，到了天命、花甲乃至古稀时，仍顽强拼搏，执着追求，终于取得重大成果，成就一番事业，做出惊人的贡献，圆了自己的梦想，同样是无尚光荣，值得称赞。

　　我想世界上一切事物都在向前发展、变化，社会永远是向前的。这是规律，一个人生长在社会上,为了生存、发展、进步,一生都在追求,生命不息,奋斗不止。天赋不同,基础不一,觉悟高低不同,机遇有先后,取得成果的早晚肯定不一样。我觉得,不论何时做出成绩、取得成果,都是可喜可贵、值得称赞的。只要勤奋努力,坚持不懈,有韧劲,有毅力,总会有好的结果,想要改变自己,什么时候都不晚。

其实,历史上有很多有所作为的老人,如意大利的雕塑家、画家、建筑师米开朗琪罗(1475—1564)88岁时设计了圣玛丽大教堂;中国著名天文学家石申(战国时期)所测定的恒星138座,810个,其中不少是晚年做出的贡献;英国著名作家萧伯纳(1856—1950)93岁时写出剧本《牵强附会的寓言》;英国政治家温斯顿·丘吉尔82岁时写了一部四卷著作《讲英语人的历史》;西班牙大画家毕加索(1881—1973)88岁时画了165幅画,平均两天一幅,90岁时还从事雕塑;革命老人朱仲丽曾是毛主席的保健医生,62岁时开始创作《皎洁的月亮》,80岁时进行影视创作,历时四年编成电视剧本,并亲任制片人,把作品搬上银幕;等等。我赞赏少年得志、年轻有为、苦学有成、事业有果的年轻人,也赞赏老当益壮、不甘落后、大器晚成的中老年人,因为他们毕竟经过努力成功了。早开的花鲜艳芬芳,香气扑鼻,让人羡慕,晚熟的果同样甘甜。你看有的大器晚成的老者,虽然文化程度不高,却很有智慧、有干劲、有闯劲、有吃苦耐劳的精神。

当然,大器晚成是需要一定条件的,不是凭空想象出来的。凡大器晚成者,都有一定的思想基础和自身的知识、技术或者才能,加上有智慧、有悟性、有胆识、有勇气,又善于抓住机会,利用客观条件,所以促其大器晚成。我想,在追求进步、开拓创新时,必须从实际出发,既要有发展的眼光、进取的精神,又要有科学的态度;既要充分利用好自身的有利条件,开发自身的资源,挖掘自己的潜能,激活自己的灵感,开阔自己的视野,又要脚踏实地,从小事做起,树立顽强拼搏的精神,坚持不懈,孜孜以求,一定会取得好结果的。

## 几点新启示

去年,我在与一位老同志交谈中,得知他正在学电脑,使我受到很大启发,当即就产生了我也要学电脑的想法。后来我把这一想法给儿女们说了一下,得到他们的热烈赞同,很快儿女们就给我安装了一台电脑,并热心地教我怎么开、怎么关、如何使用、电脑的主要功能是什么等。开始我虽然学得很积极、很热心,可就是记不住,后来,我采取了一步一步来,一点一点学,不懂就问,边听边记的方法,把相关问题用笔记本记下来,然后再按照程序进行操作。这样,经过不断学习,反复练习,由生到熟,逐步掌握了一些应用技巧,如怎样存储资料、查阅资料、玩各种游戏等。这些虽然是简单浅薄的知识,但对我来说却是新东西、新知识,是一个全新的内容,是一次新的进步,给我带来了新的乐趣,为我的休闲生活增添了新的内容。学电脑使我对学习新科技产生了好奇心,增强了我学习其他新知识、新技术的信心。尤其在电脑的应用中,那种奇妙无比的感觉,让我一下子回到了年轻时代。我虽然已经七十多岁了,仍像小孩子一样,玩得爱不释手,废寝忘食。电脑的办公功能,给我的写作带来了很大方便,写的文章可以存储在电脑上面，可以不用打印纸，就能在上面随意修改。其实，我玩电脑的水平，只是幼儿园学前班的水平。可是，已使我兴奋不已。因为它是我的新爱好、新乐趣、新的进步，是我学到的新知识、新技术，找到的新感觉、新滋味。这种感觉，只有实践以后才能体会到。

　　学习电脑这件事，对我有三点启示：一是认识到学习是一个人一生的需要。要想适应新的形势，增长新的知识，跟上时代步伐，提高生活质量，必须活到老学到老，与时俱进，不断学习，坚持不懈，持之以恒，这样一定会有好的效果出现。二是学无止境，常学常新。要想改变自己，什么时候都不晚，尤其在改革开放的新时代，各项科学技术飞速发展，许多新发明、新创造、新知识、新技术大量涌现，只要你调整好心态，身体尚好，有求知欲望，许多新东西就摆在你面前，只要努力，肯下苦功，就会有新的收获和新的进步。三是学能健身，学中有乐。学习新科技是对新事物的追求，也是健脑健身的好方法。当你渴望学到一种新知识、新技术，并不断追求的时候，心情是积极向上的，是一种年轻的心态。当你由不知到知之，由不会到会，实现了新的突破，取得可喜的学习成果的时候，会产生一种无比兴奋的心情，使你忘掉年龄，忘掉疾病，忘掉忧愁、烦恼，还会升华出一种崇高的精神境界。

## 老年人的生活歌

老人自有老年乐,能当歌时亦当歌,青春不在由它去,向往未来唱新歌。

改革开放以来,我们国家发生了巨大变化,人民群众的生活得到了改善,文化生活丰富多彩,就连老年人的生活习惯和思想观念也发生了很大变化,他们富而思乐,富而思康,富而思变,思想观念越变越新。如今,科学养生、合理膳食、健身锻炼、追求时尚这些新潮乐趣,已悄悄走进他们的生活,许多老年人唱起新的生活歌,譬如:

在休闲养生方面:"笑口常开,青春常在";"遇事不恼,长寿不老";"生活多情趣,衰老自来迟";"莫想老,常想少,忘年交,不可少";"童心童趣是个宝,拥有童心防衰老";"世有老少年,也有少年老,莫落时代后,年老才可宝";"淡泊名利,知足常乐";"名也不贪,利也不贪,恬淡寡欲,宁静致远";"愁一愁,白了头,恼一恼,老一老,笑一笑,十年少";"高薪不如高寿,高寿不如高兴";"腰缠万贯,日食三餐,大厦千间,夜宿七尺";"宽以待人,豁达乐观";"金钱财富为身外之物,功名利禄如过眼烟云";"能忍夏不热,能忍冬不冷,能忍贫亦乐,能忍寿亦永";"忍免是非,忍则结邻,古来创业人,谁个不是忍";"心底无私寿自长"。

在人际交往方面:"老人交老友,经常走一走,聊天找乐趣,心宽乐悠悠";"于人为宽,与己方便";"与人为善,助人为乐";"欣赏对方的长处,包容对方的短处,想着对方的好处,担当对方的难处";"善交往,多交谈,勿独居,求消闲"。

在饮食保健方面:"合理膳食,适量运动,戒烟限酒,心理平衡";"多吃豆,少吃肉";"防衰老,莫吃饱";"多吃少动,容易生病";"经常吃素,遇事不怒";"要想皮肤好,大米煮红枣";"若要不失眠,煮粥添白莲";"健脾助消化,粥里煮山楂";"若要降血压,粥里荷叶加";"乌发且补肾,粥加核桃仁";"润肺又止咳,粥里加百合"。

在性格修养方面:"话到嘴边留半句,气到心头停一停";"你急我不急,事后讲道理";"忍一时风平浪静,让三分海阔天空";"忍得一时之气,可免百年之忧";"脾气躁,催人老,善制怒,变年少";"他人气来我不气,我本无心他来气。倘若生病中他计,气下病来无人替。请来医生把病治,反论气病治非易。气之危害大可惧,诚恐因病将命废。我今尝过气中味,不气不气真不气"。

在读书学习、健脑增智方面:"活到老学到老,终生学习不可少";"与时俱进,坚持学习,持之以恒,终生受益";"读书破万卷,不用进医院";"知识是精神食粮,读书能增长智慧";"博览群书,丰富知识,增长智慧,其乐无穷";"人脑是个宝,常用出奇效";"老了常用脑,祛病防衰老";"常用脑,多思考,能健身,防衰老"。

在健身锻炼方面:"生命在于运动,运动把握适度,运动创造智慧";"多散步,勤走路";"要年轻,常挺胸";"有动有静,不生杂病";"起得早,睡得好,七成饱,多跑跑,常笑笑,莫烦恼";"笑一笑,脂肪掉";"明月清风随意去,青山绿水任君行";"热水洗脚,胜似吃药"。

看到老年人这种幸福、愉快、潇洒以及这些新观念、新变化、新生活、新景象,的确让人感慨、振奋、鼓舞、欣慰。这是改革开放的成果,是精神文明建设的成就,是社会进步的表现。

## 老年人也需要赞美

　　老年人是一个特殊的群体。老年人饱经沧桑，阅历丰富，有许多宝贵的生活经验，一般都很自信，自尊心强，喜欢别人尊重他、称赞他、看得起他。希望别人承认他的存在，了解他的过去，欣慰他成功的地方，肯定他对国家、对社会、对家庭、对子女们做出的贡献。老年人虽然表面上看是"闲人"，但在内心里仍在关心国家大事，继续为社会、为家庭、为子女们操心。有些老年人，表面上虽然不说什么，但内心里却希望别人看到他对社会、对家庭仍然在发挥作用，希望别人看到他的价值。当他受到领导、家人或别人称赞、鼓励时，他会像年轻人一样笑容满面，激动得手舞足蹈，表现出意气风发、老当益壮的精神状态。这说明老年人也需要赞美，也喜欢赞美。

　　从心理学角度说，人性最本质的需求就是渴望得到别人的赞赏，被别人看得起，受到别人的尊重。我认为，真诚的赞美、鼓励是人们精神生活中的一种高级"营养品"，它能愉悦心灵，增加友谊，加深感情，使人际关系融洽和谐。及时的称赞、夸奖，是对人的价值的肯定，是最有效的尊重。实事求是的赞美、鼓励能调动人的积极性,对社会、对家庭都大有益处。赞美能增强人的自信,给人带来新的力量、新的活力。事实上,只要细心观察,真诚面对,在许多老年人身上都有值得称赞的地方。

赞美、鼓励老人,并非庸俗地讨好、奉承,而是表达对老人的关心、爱护、尊重,是一个人思想境界高、道德修养好、有智慧的表现。实际上,在发现老人身上的优点、进步、美好的过程中,自己的心境也得到了净化,获得了营养,变得宽广开阔了。

赞美、鼓励老人,不仅要有良好的愿望,还要有好的方法才能取得好的效果。要客观真诚,实事求是,不要言过其实,夸大其词;要具体实在,从点滴小事入手,注意细小的优点、进步、亮点;要发自内心,实在自然,不要装腔作势,故弄玄虚;要积极热情,经常及时;要方法灵活、形式多样,有时候口头称赞,有时候也可由所在单位、系统、社区等通过座谈了解以及层层推荐等方法进行表彰。我想,老年人是社会的财富,是一个家庭的精神支柱,关心爱护老年人是一项长期的任务,是经常性的工作。老年人的今天,就是青年人的明天。人人都会老,人人都应尊老爱老。尊老爱老是我们国家的传统美德,赞美老人是尊老爱老的具体表现。通过赞美、鼓励,使老人心情愉快,身心健康,这也是创建和谐家庭、和谐社会的重要方法之一。

# 老年人也有梦想

现在离退休的老人越来越多,逐渐成为一个引人注目的特殊群体。在许多人看来,从工作岗位上退下来的老人都是"年老体弱"、"不在其位,不谋其政"、"无官一身轻"的老人,不会再有什么想法了。其实不然,在现实生活中,由于现在的形势好了,人们的生存环境和生活条件改善了,不少老人到"告老身退"时,身体、心态仍然很健康、很年轻,仍然有许多美好的梦想,比如有的人离退休后走进老年大学,学书法,学摄影;有的人搞创作,写文章;有的人学舞蹈,参加文体活动;有的人学戏曲,参加"戏迷乐园"、"过把瘾";有的人学习科学养生,研究烹调技术;有的人热心科技,学习维修家电;有的人喜欢旅游,外出参观名胜古迹;有的人重新开始学习外语;等等。总之,现在许多老年人的休闲生活丰富多彩、妙趣横生。

我觉得,对老年人不能用老眼光去看待。现在,许多老年人在新潮流、新时尚、新形势的鼓舞下,他们的思想观念、思维方法、生活爱好也在逐渐发生变化,在"告老身退"、"荣归故里"颐养天年时,许多人很快就找到了新的位置、新的乐趣。有的老人说得好，"我虽然从岗位上退下来了，我身体尚好，我还有很长的路要走，我要让晚年生活过得充实、潇洒、有意义，绝不虚度时光"。还有的老人说，"我还有余热，要继续把它发挥出来，把全部的热贡献给社会，生命不息，追求不止"。

　　我认为，老年人离退休后燃起新的梦想，是一件有意义的好事，是积极向上的表现，对国家、对社会、对家庭、对个人都大有好处，应该及时地给予肯定、鼓励。实际上，老年人对现实生活过得充实、愉快，对未来充满信心、充满希望，在日常生活中有新的追求、新的梦想，这有利于身心健康，说明他们的心态好。这样的心态会使他们忘掉年龄，忘掉疾病，忘掉烦恼。老年人梦想成真、心想事成，会给社会、家庭带来和谐、温馨、幸福、欢乐，社会和家庭会对老人们更加关爱和尊重。

# 离休生活三部曲

从工作岗位上退下来离职休息,是老年人的一个重要转折点,长期形成的生活习惯一下子改变了,难免在生活上会有不适应、不习惯的感觉。我就有过这种体会,说起来已是十多年前的事了。从离休到现在,十多年来,我经受了由不习惯、不适应,到调整心态,接受现实,再到寻找新的乐趣、找到新的位置这样一个过程,也算是离休生活三部曲吧。

首先是刚离休时的不习惯、不适应。这是由于刚退下来时,在心理上仍保留着对事业的依恋,对理想、信念的追求,对过去生活节奏的怀念。从道理上也知道,也能理解离退休是人生的驿站,是国家的制度,是党和国家对老年人的关心照顾。但是,从实际生活中感觉到的是现在无事可做了,过去几十年所学的东西、所熟悉的工作,今后没用了,对自身价值产生了怀疑。过去整天忙着工作、开会、学习,现在忙的是赶集、买菜、料理家务。每天想的比较多的是如何去玩、到哪里去玩、玩什么。在心理上会产生失落感、空虚感。这样的心理状态、心理感受,持续了好长一段时间才调整过来。

其次是调整心态,接受现实。由不适应、不习惯,到调整心态,接受现实,是在积极主动地与离退休的老同事、老同志、老同学接触交往中,逐步品味出休闲生活的好处,才认识到离退休制度的重要性、必要性。于是在日常生活的安排上,从自身的实际情况出发,培养自己新的兴趣爱好,并借助别人的经验,逐步形成新的生活节奏、生活规律。现实生活使我逐渐认识到,离退休绝非没事干,决不能失志、失意、失魂落魄,决不能消沉、懒惰,决不能否定自己存在的价值,决不能放纵自己,使生活过得无趣无奈,必须调整好心态,寻找新的乐趣、新的感觉,学会乐观,自得其乐。

其三是寻找新乐趣,找到新位置。新的生活、新的乐趣、新的生活节奏、新的生活规律,是自己逐渐培养起来的。"识时务者为俊杰",面对新的情况、新的环境,为了使自己的休闲生活过得更加充实、有意义,必须积极寻找、学习、培养新的爱好、新的乐趣,这也有个过程。正当我无所事事的时候,组织上安排让我参加了市关心下一代工作委员会组织。我觉得参加这一活动很有意思,经常与青少年打交道,任务明确,责任光荣,我愉快地接受了这一新的任务。在实际工作中,我接触到许多新情况、新问题、新知识、新观念,也结识了许多新同事、新朋友。说实话,在心理上也得到了新的满足,精神上非常愉快。

接着市广播电视部门又邀请我和另外几位同志参加收听收看广播电视节目,具体任务是:点评报道的质量,选出好的报道、好的新闻,同时指出存在的问题,提出改进意见。我觉得这项活动具体、实在。从监听监看中,履行起一种责任,了解到许多新情况、新问题、新政策、新法规、新风尚、新变化,学到了许多新知识,开阔了视野,丰富了生活,每天生活得都很充实。在收听收看新闻中,许多辉煌的成就、惊人的变化、生动鲜活的典型,使我深受感动,也深受鼓舞。虽然忙了一点儿,但是心里很踏实、很愉快。

后来,我又加入了许昌市和河南省老年摄影学会,成为一名会员,经常参加业余摄影活动,有时候,按照学会的统一组织,参加摄影作品展览。这一活动也极大地调动起我的积极性。有时候,几个人一起去采风,有时候是自己单独行动,到处找感觉,找镜头。每一批摄影作品出来后,都会给我带来新的兴奋、新的喜悦,特别是有些作品被选中参加展出时,心里很欣慰,有一种成就感。

我深深体会到,从工作岗位上退下来后,如果身心尚好,条件许可,有合适的机会,再做一些力所能及的工作,参加一些有益的社会活动,对社会、对自己都十分有益。一个人一生有理想、有信念、有追求、有事干,生活才有意义。如果什么事都不干,每天无所事事,那会衰老得很快,对身心也没有好处,离而不休,老有所为,生活会更精彩。

# 人生"三层楼"

我有几位年逾古稀、经历相似、趣味相投的老友,我们喜欢相聚在一起,谈天说地,评古论今,逗笑取乐。一次,在谈起对生活的追求时,大家形象地把物质生活、文化生活、精神境界比喻为生活"三层楼",颇感新鲜、有趣、耐人寻味。

先说物质生活吧。这是基础,是每个人都必须的,每天都需要且一生都为之奋斗追求。由于人与人之间处境不同,条件各异,人们的物质生活状况千差万别,各不相同。同时,人的物质生活也会发生变化。因为在人生历程中,大家都在为改变自己的命运奋力拼搏,都在向好的方面努力。经过一段时间,有的人可能变得更好,有的人可能因为种种原因,条件变差了。追求是人的本能,是自然规律。正是这种生生不息、如火如荼的激烈追求,使人们的物质生活现状不断发生变化。因此,人们在追求财富、完善自我、改变自己的物质生活条件的过程中,切不可把一时的拥有视为一成不变,不要怨天尤人,自暴自弃,也不要满足现状,自我陶醉。要有发展的眼光,同时还必须有大局意识、整体观念。要想到国家,想到社会,想到他人。因为没有国家的法律保障,没有社会历史创造的条件,没有许多人的共同努力,相扶相助,一个人是无法生存的。人与人之间是相互依存的,绝对不能离群索居、独往独来,万事不求人的事是不存在的。实际上,任何人在你拥有的财富中,有许多就是前人、他人提供的、创造的。

还有一点,在追求财富、改变物质生活中,应坚持取之有道,用之合理,守住清贫,耐住寂寞。对于经过自己的辛勤努力、诚实劳动,该得到的就理直气壮地得到它,不该得到的,不属于自己的,绝不伸手。同时,在生活中还应该有一种感恩心态,感谢国家,感谢社会,感谢所有帮助过自己的人。那种贪婪豪赌、穷奢极欲、挥霍无度、一掷千金的生活方式,是绝对不可取的。

再说文化生活。文化生活是日常生活的重要元素,是营养品、润滑剂。文化是人类在社会历史发展过程中所创造的物质财富和精神财富的总和。作为精神财富的文学、艺术、教育、科学等来说,是每个人都需要的,是不可缺少的精神食粮。学习文化知识,能改变人的习惯、性格、观念,能增长人的才干,能提高人的能力,能使人变聪明。学习它,掌握它,运用它,能提高人的生存能力,改变生活习惯,提高生活质量,推动社会进步。因为文化知识是开启智慧的钥匙,是追求进步的阶梯,把它运用到生产、生活、工作、事业上,肯定能产生巨大的力量和重大的变化。许多事实证明,没有文化知识是没有希望的。没有文化,生活是枯燥的,没有趣味、没有意义的。文化知识在一定程度上影响人的命运,决定人生事业的成败。所以,为了追求进步,必须努力学习文化知识,既要学习中华民族的优秀文化,也要学习先进的外来文化。提高文化水平,才能适应社会发展的需要,为社会做出更大的贡献。

第三是精神世界。这是人格气度的升华。日常生活需要物质条件,更需要精神境界。精神境界反映一个人的观念、意识、心态、视野、向往、追求、修养、人格、品质、精神状态、思想面貌。人都是有思想的,每个人都憧憬未来,向往美好,希望生活过得温馨幸福。但是,没有好心情,没有良好的道德修养,没有高尚的思想境界,是感受不到幸福的。在现实生活中,有许多这样的事例,有的人拥有地位、财富,衣、食、住、行等许多方面的条件都非常优越,但却找不到幸福,经常苦恼发愁,睡不着觉,心力憔悴。究其原因,多是因为欲望过高、贪婪过多、精神空虚造成的。而有的人,虽然家境平常,拥有不多,却知足常乐,淡泊名利,恬淡寡欲,心里感到很幸福。这说明,幸福不幸福不在拥有东西多少,而在于心理状态、思想境界。良好的心态,高尚的境界,坦荡豁达,会使人的精神更上一层楼,心态更年轻,也更健康长寿。

许多经历、经验、体会告诉我们,在人生追求中,必须清醒地认识自己,认识自己的现状,认识自己的优势和不足,不断地充实自己,完善自我,在奋力拼搏、开拓进取、追求生活的同时,还要学会享受生活,追求精神境界。尤其在事业成功、拥有一定财富时,不要忘乎所以,不要忘记国家、集体、社会和他人对自己的好处。慷慨地做些为国分忧、助人解困的好事,不断用"知足常乐,淡泊名利"这句老话告诫自己。这既能充分表达自己的感恩之心,也有利于理智地享受幸福,愉快地生活。

# 生活因知足而美丽

人们常用知足常乐来安慰自己,劝导别人,意在淡泊名利、恬淡寡欲、放松心灵、去掉杂念,过平平安安、健康愉快的生活。

知足常乐这句耳熟能详、饱经沧桑的老话,充满生活的哲理,蕴涵丰富的智慧,是一门淡泊明志的学问,谁理解,谁受益。

知足常乐是一种心态,贵在知足。知足常乐常常表现在物质上,如过去生活困难,现在生活富裕;过去工资低,现在收入高;过去住房面积小,现在住房面积大、质量好;等等。但更多的是表现在心理上、精神上,就是心里感到很知足、很满意。知足是一种感受、一种感觉,是一种满足感。

知足的人心态清醒,没有太多的杂念,心灵放松,恬淡寡欲,心底无私,无忧无虑,整天心情舒畅,乐滋滋地过着有滋有味的生活。

知足是一种修养,一种境界。在日常生活中,表现出心胸开阔、豁达大度、宽宏容忍、乐观向上的心境。懂得知足,生活中充满欣慰、甜蜜,在平淡中感到安宁,在清净中享受美好。清白留在心中,快乐充满心灵。我知足我快乐,我淡泊我明志。

知足是做人的智慧。懂得知足的人,在对待个人得失问题上,能清醒地权衡利弊,懂得割舍,善于自律,宽以待人,不谋私利,洁身自好,过平平常常的生活。在遇到各种诱惑时,能理智地采取放弃的态度,摆脱迷惑,远离困扰,不以物喜,不为色动,坦然面对,堂堂正正走自己的路。

知足常乐是自我修养的成果,是在生活中悟出的哲理。生活因知足而快乐,因淡泊而清醒,因恬淡而轻松,因寡欲而高尚,因常乐而美好。

在当今社会上,真实的生活千差万别、千变万化、五光十色,在许多方面存在着诱惑,时时刻刻影响着人们的思想情感,要做到知足常乐并不容易。因此,在现实生活中就会产生一些不知足的人。譬如:有的人斤斤计较,患得患失;有的人追名逐利,贪占索取;有的人贪得无厌,利欲熏心;有的人经不起权、钱、色欲的诱惑而跌入泥坑,身败名裂。

不知足的人,其实心绪也很复杂,因为求欲心切,思虑过多,往往焦躁不安。特别是已有贪腐之嫌、涉足较深的人,因为害怕败露,更是惶恐终日。

"知足常乐"这句至理名言,历经沧桑不衰老,常用常新暖人心。它虽是一句老话,却至今被人热捧,就是因为它是生活的哲理,做人的智慧,是生活的座右铭、醒世录,是滋润生活的清醒剂。不管你地位高低、贫富差别、职业族群,都需要它,对每个人都适用。

知足常乐并不是没有新的追求,也不是反对新的追求。我所说的知足,是指在追逐个人名利得失时要知足,至于在学习知识、钻研技术、为国贡献、为民谋利等方面,应该不知足,应该顽强拼搏,多多益善。同时,对于通过自己的诚实劳动,用辛勤汗水换来的收入,该得到的就理直气壮地得到它,不该得到的绝不伸手。人都是有欲望的,但不要贪婪,贪婪往往使人陷入不能自拔的地步。

## 做快乐的老人

改革开放以来，我们国家在许多方面都发生了巨大变化，现在的中国是历史上的最好时期，可以称得上盛世。强大起来的中国让全国各族人民和海外华人都扬眉吐气，感到自豪。许多人用日新月异来形容中国的发展变化，就连以前用异样目光看待中国、看不起中国人的一些外国人，也不得不用赞叹的口气称赞中国的发展速度。

随着形势的发展，许多人都富而思乐、富而思变，思想观念、生活质量、生活方式正在悄悄地发生变化。在新形势下，如何生活得愉快、幸福、潇洒、充实、充满乐趣，这是许多人都在思考、探讨的问题，因为经济上富裕了，生活水平提高了，并不一定生活得快乐，有的人富裕了反而矛盾多了，生气、烦恼的事也多了。富裕了只是表明物质财富的变化，要想生活得愉快、幸福，还需要充实精神世界。快乐、幸福是一种感受，会不会愉快地生活，在很大程度上取决于人的素质。因此，只有加强精神文明建设，提高思想素质，转变思想观念，改变思维方式，调整好心态，解决好认识问题，才能感受到现在的幸福，才能生活得愉快。

快乐是一生的追求,在生活中无所不在,只要有智慧,有一颗平常的心,就能找到快乐,就能远离烦恼,拥有快乐人生。拥有乐观的心态,会使人终身受益。

快乐不是等来的,不是别人施舍的,是靠自己培养、创造、主动寻找才能拥有的。因此,要学会感受快乐,要视快乐为首要的精神享受。人的一生会有许多辛苦,会被困苦所累,如果超然一些,便会感受到快乐。当然,寻找快乐并不意味着可以不择手段、不分美丑、无视正义与邪恶,快乐同样需要一个客观标准。

怎样才能快乐,怎样追求快乐呢?不少有识之士和勇于实践的人已经摸索出许多行之有效的办法。

一、珍惜现在的一切,期望值不要太高。要以现实的眼光看待自己,多欣赏国家、社会和他人为自己所做的一切以及所给予的一切,欣赏就是对美好事物的享受,领略其中的趣味,从而产生喜爱。多抱感激之心,多怀感恩之意,不埋怨,不攀比,知足常乐,淡泊名利。

二、保持平平淡淡的生活。虽然现在收入增加了,生活富裕了,但是仍不能追求奢侈、挥霍无度,仍要保持简朴淡泊和洁身自好的品质,坚持平平淡淡地生活,这样才能使自己活得自在,生活得健康愉快。

三、学会自我欣赏,寻找心理满足。如欣赏自己的作品、文章、书籍、书法、绘画、摄影以及自己制作的工艺品、自己的集邮册、有价值的收藏品等,欣赏这些会产生亲切感、自豪感、成就感,得到心理上的满足。

四、多培养业余爱好,增添生活乐趣。可根据自己的身体条件、文化程度、兴趣爱好选择适当的活动,如养花、健身、书法、绘画、舞蹈、演唱、摄影、钓鱼、外出旅游等,凡有益于身心健康的都应该积极参加,以丰富业余生活,增加生活乐趣。

五、多交一些老友,善于与别人交往。老年人多交几个好朋友,建立友谊,保持交往,经常相聚在一起聊天交谈,互相鼓励,互相帮助,交流生活经验和保健知识,有利于开阔视野,促进身心健康。

六、学会面对挫折,坦然处之。人的一生不如意的事是常有的,遇到这样那样一些磨难和不幸是难免的,要学会面对,不要在痛苦和悲哀中陷得太深,不要斤斤计较、耿耿于怀,要以豁达乐观的态度坦然处之。

七、多想愉快的事情,少想身上的疾病。随着年龄的增长,老年人有这样那样一些疾病是自然规律,只要坚持有病早治,无病早防,经常锻炼,放宽心态,不要过多地想它,甚至乐而忘忧,把疾病忘掉,肯定会得到快乐。

八、憧憬未来,向往美好。放眼未来会使人对未来寄托希望,向往未来会使人充满自信,增强积极向上的情绪,会使人心态年轻,高兴地过好每一天,愉快地想着明天一定会更好。

## 找到了新感觉

　　入夏以来，为了充实自己的休闲生活，寻找新的乐趣，我重新试着写文章，拿起笔来写过去经历过的往事、生活中的趣事以及现实生活中的感想，通过回忆构思，先后写成了《欣慰的往事》、《从老照片中寻找乐趣》、《剪报丰富了人生》、《酒逢知己少喝好》、《贪到最后就是贫》等。文章写成后，被我女儿发现了，她看后非常高兴，鼓励我说："爸，你这几篇文章写得很好，内容不错，你继续写吧，写好后我给你打印、校对，也可以给电台、报社寄一些，也许他们会用。"女儿的鼓励更激起我写作的冲动，使我写作的信心更足了，又一连写了好几篇。

　　不久，女儿寄给中央人民广播电台《经济之声——新鲜早世界》栏目的稿件被采用了。播出时，女儿专门打电话让我注意收听，并又鼓励我一番。我收听后心里很激动、很高兴，因为从中央人民广播电台里听到了自己的作品，心里有一种成就感，我写作的积极性更高了。接着又连续写了十多篇，女儿又寄给中央人民广播电台几篇。停了一段时间，中央人民广播电台《经济之声——新鲜早知道》栏目又播发了两篇。中央人民广播电台接连几次播出我写的文章，

使我深受鼓舞，觉得又找回了自身价值，心想一定要坚持写下去。我又选定了一批题目，开始新的写作。现在，我已经写成了70多篇，并得到其他几个儿女的鼓励和支持，大女儿帮我修改，其他儿女帮我打印。我越写越有兴趣。

写作是一件很迷人的事，一旦热起来就放不下，无论什么时候，走到哪里，都想着写作的事。想写作的内容、题目、情节等，连吃饭、走路、睡觉、看电视，甚至上厕所都在想，确实到了入迷的程度。往往是写好一篇又想着另一篇。尤其是看到写好的作品摆在面前，或听到广播里播出自己的作品时，心里特别高兴，有一种欣慰感、成就感，更激起我写作的激情。

从这件事中我体会到，离休后生活休闲，思想轻松，时间充裕，身体尚好，主动寻找一些新的爱好，充实一下日常生活很有意义。儿女们对老年人的生活乐趣和兴趣爱好给予热情鼓励，积极支持，对促进老年人的身心健康是有好处的。今年夏季，我的休闲生活过得很有意义，这与我的儿女们的鼓励和支持是分不开的。我通过写作的方式，找到了新的乐趣、新的爱好，激活了我的进取心，天天有事情干，生活很充实、很愉快，增强了自信，开阔了视野，觉得身心更健康了。

# 珍惜今天　向往明天

大凡从解放前过来的老人,对新旧两种不同的社会,对新中国成立以来各个时期的发展变化,都印象深刻,尤其对改革开放以来的感受特别深刻。我就有这种感受,解放前艰难度日,处境困难。解放初艰苦奋斗,勤俭朴素。改革开放以来,在衣、食、住、行等许多方面都发生了很大变化,生活幸福,精神愉快。现在国家强大了,经济发展了,生活水平提高了,解决了几千年来中国人民一直为之追求的吃饭问题,实现了工业现代化、农业生产机械化、种植养殖科学化,广大人民群众过上了安居乐业的日子,谁不为此高兴、欣慰呢!

常言说:"知足常乐。"我想,与许多我所熟悉的同乡、同学、同事相比,我的确很幸运。他们有的命运不佳,怀才不遇;有的道路坎坷,几经磨难;有的积劳成疾,英年早逝。可我,从一个出身贫困的农村孩子成长为国家干部,在几十年的工作历程中,得到党组织的培养教育,受到过许多人的关心支持,在思想上、工作上、学习上不断进步,离休后又受到党和国家的关心照顾。近几年来,赶上了好时代,享受到了改革开放的成果,感到很欣慰。我对现在的温馨幸福生活

很感慨、很知足,也很珍惜。

　　我觉得,我的命运是与党和国家的命运紧密相连的。我能有今天,能过上今天的幸福生活,是托共产党的福,是听党的话、跟党走的结果,是在党的正确领导下,经过艰难曲折、长期奋斗的结果。特别是改革开放以来,整个国家发生了巨大变化,国家强大了,经济发展了,人民富裕了,才有了今天的大好形势。没有国家的发展变化,哪有我个人的幸福。

　　在回眸过去、感受今天、享受今天幸福生活的时候,不能忘记党的领导和革命前辈的英勇奋斗;不能忘记无数革命先烈的流血牺牲;不能忘记广大人民群众的艰苦努力以及我所熟悉的同乡、同学、同事,他们为实现党和国家的伟大事业、改变国家贫穷的面貌,付出过艰辛,流出过汗水。我们今天过上了好日子,应该怀念他们、感谢他们,牢记他们的功绩。

　　人类社会总是不断向前发展的。现在是过去的将来,也是将来的过去,是时光长河中最鲜活、最珍贵的一段。今天的幸福是过去奋斗的结果,明天如何,要靠今天的努力。因此,在享受今天幸福生活的时候,要把握好现在,珍惜来之不易的今天。同时,还要放眼未来,为更加美好的明天而努力。未来是什么样子,现在说不清楚,但是,在我心里能想象出未来美好的样子,那将会是国家更加强大,科学技术更加发展,人们的精神境界更高,物资更加丰富,生活更加富裕,文化生活更加丰富多彩,社会更加和谐,家庭更加幸福。这一切对我很有吸引力。我认为,有党的坚强领导,有经过实践检验的有中国特色社会主义理论作指导,有经过几十年改革开放积累起来的宝贵经验,有全国人民的共同奋斗,明天一定会更美好。

## 后 记

  为消遣、娱乐、丰富休闲生活，近年来，我对长期以来在工作、学习、生活过程中经历的往事、接触的趣事，进行了回顾、盘点、整理，利用闲暇时间，写了些巴掌大的文章，收拢起来，形成了这本有畅想、有感悟、有杂谈、有回顾的小册子。可以说，每一篇文章都是生活中的一面镜子，仔细品味起来，能从中找回往日的感觉，想起曾经拥有过的温馨、幸福、甜蜜，能品尝出其中的情感、哲理和生活乐趣，也能深切地领悟到其中的鞭策、鼓励、警示与启迪。

  这本小册子是我的生活留言、心灵絮语，是我献给生活的一捧花束，是我表达对人生的感悟、对情感的抒发、对时代的感慨、对美好的怀念、对人生历程的安慰，也是我对许多关爱我、支持我、帮助过我的亲朋好友的感恩。

  本书在写作过程中，在选题、选材、修改、推敲、编排等许多方面，曾经得到过许多老同事、老朋友的关心、支持、帮助和鼓励，在此特致真诚的谢意！

  书中的一些观点，若能与广大读者形成共识，求得共鸣，我将深感欣慰。

  由于本人水平有限，本书难免有疏漏不妥之处，恳请读者批评指正。

2009 年 5 月于许昌